【岳麓文辑】 张立云·主编

寻根

山岚 著

关乎民生，关乎心灵，关乎人生。

XUNGEN
XUNGEN

UNITY PRESS 团结出版社

图书在版编目(CIP)数据

寻根 / 山岚著. -- 北京：团结出版社，2021.4
（岳麓文辑 / 张立云主编）
ISBN 978-7-5126-8676-2

Ⅰ.①寻… Ⅱ.①山… Ⅲ.①散文集-中国-当代
Ⅳ.①I267

中国版本图书馆 CIP 数据核字（2021）第 046018 号

出　　版	：团结出版社	
	（北京市东城区东皇城根南街 84 号　　邮编：100006）	
电　　话	：(010)65228880　65244790	
网　　址	：http://www.tjpress.com	
E-mail	：65244790@163.com	
经　　销	：全国新华书店	
印　　刷	：长沙印通印刷有限公司	
装　　订	：长沙印通印刷有限公司	
开　　本	：142 毫米×210 毫米	1/32
印　　张	：39	
字　　数	：841 千	
版　　次	：2021 年 4 月第 1 版	
印　　次	：2021 年 4 月第 1 次印刷	
ＩＳＢＮ	：978-7-5126-8676-2	
定　　价	：398.00元（共九册）	

目 录

手之语

寻根

寻根

行之语

寻
根

寻
根

手之语

空空树

寻根

嗡嗡嘤嘤……

像一群口弦演奏者在调定音调，又像是合唱团发出低音的拖腔，绕树盘旋，余音不断。

嗡嗡嘤嘤……

仔细聆听，你听出了蜂头撞击树身的嘭嘭声，听出了蜂翅擦肩而过的吱吱声，也听出了蜂儿们悠闲的歌声、得胜而归的欢呼声。

蜂儿们聚在一棵空空树里，庆祝它们刚刚赢得的一次胜利。它们带着这个消息，煽动起金色的翅膀，飞遍了所有黑色的街巷，叫醒它们的伙伴共同喜庆与人类又一次成功的较量。于是乎，黑色的大街小巷飞舞起更多金色的翅膀，嗡嗡嘤嘤声都快要把这棵空空树给憋爆了，以至于惊醒了树枝上的鸟儿，扑棱棱跳将起来，立足枝头左顾右盼，就连飘落的花儿也被这隆重的嗡嗡声吸引住了，定格于空空树周围，想听个究竟，树下旺盛的蔬菜们支棱起耳朵，挺直了身板儿聆听这惊心动魄的和声，唯恐坍塌的树身结果了他们稚嫩的生命。这就是蜂儿们一次欢庆所造成的蝴蝶效应。

就在蜂儿们得意之时，有一位农村老太太却因此而深陷痛苦之中。这里有她的感受为证：

正月里

三月中

我到菜园去壅葱

菜园有棵空空树

空空树

树树空

空空树内一窝蜂

蜂螫我

我遮蜂

蜂把我螫哩虚腾腾

对这位老太太来说，尽管只是一次身体上小小的伤害，可在她的精神领域，又是一次大大地收获。她在疼痛和眩晕的纠结中，天门洞开，门口有一幅画面时显时虚，她必须赶快把这画面记录下来。她找来了彩纸，施展开剪刀，把这幅画面剪贴了出来，使它由转瞬即逝的意念落实为不可复制的作品，此既是对瞬间灵感的捕捉，又是对一次经历的记录，这件作品就是我们现在看到的剪纸艺术《空空树》。

一场人蜂搏斗，使我联想起唐玄奘拼力御群妖。难道这蜂儿也是上界派来的吗？是来促成剪花娘子成就正果的吗？要不是它们这一番折腾，若不是"蜂把我螫哩虚腾腾"，剪花娘子能顿生灵感，念出"空空树，树树空"的口诀吗？虚腾腾的云里雾里，剪花娘子鬼使神差地迅疾剪成了这幅神符似的《空空树》。我以为，这是一场上天为库淑兰设的局，特意成就她这个名副其实又有神通的剪花娘子。《空空树》就是这一课推出的杰作！

　　理性的解读《空空树》，你会发现剪花娘子库淑兰剪了许多状如枯木般的空空树，树干均为黑色，配上黄色的小蜜蜂，形成了明显的色差，使人视觉上产生了强烈的动感，带给人欢乐的场景。鹿角状的布局，对称的构图，再加上人头或人鼻造型的树基，让空空树充满了极其强烈的趣味性和神秘性，使她的作品具备了精神幻化的成分，由此而将《空空树》升华到高雅的艺术境界。

　　又一幅不可思议的抽象画，敏感的毕加索意想不到，同样敏感的八大山人也不曾意料。这就是一个没有进过学堂，没有任何历史背景的民间艺人库淑兰独特的精神世界。

寻根

剪花娘子

　　我看《剪花娘子》这幅剪纸作品里的女子，像一位要出嫁的新娘，幸福地端坐在花轿里，安静地等待着新郎迎娶她。从新娘子恬静的神态可以看出，她出生成长在一个殷实的家庭，而且识文断字，善良自信，也能看出她的新郎是一位令她满意的小伙子，她们婚后将要过上男耕女织，衣食无忧的美满生活。这样的婚姻也许就是库淑兰最理想化的生活追求。是啊，库淑兰一生都在经历苦难的折磨，自然因素、人为因素皆有，不亚于唐僧取经路上所经历的苦难，唐僧的苦难尚有孙悟空给他解脱，基本上是有惊无险，而库淑兰的苦难却是实实在在的。若不是一着不慎坠落土崖，使她的人生发生突变，她将很难跳出命运的沼泽，成为人间艺术殿堂的新娘。

　　作者库淑兰称这位女子为"剪花娘子"。她说剪花娘子是她，她就是剪花娘子。

　　剪花娘子把（别）言传，
　　爬沟溜渠在外边。

没有庙院实难堪，

热里来了树梢钻，

冷里来了烤暖暖。

进得库淑兰家里边，

清清闲闲真好看，

好似庙院把景观。

叫来童子把花剪，

把你的名誉往外传。

人家剪的琴棋书画八宝如意，

我剪花娘子铰的是红纸绿圈圈。

这是她劫后余生创作的第一幅有语言的作品《剪花娘子》。在以后的岁月里，她围绕着"剪花娘子"这个主题，剪出了一系列作品。圆圆的脸，大大的眼，红红的小嘴，五彩的衣衫……对于库淑兰而言，作品里的人儿虽然很美，但那是神呀，所以必须坐在庙里的莲花上，这样那就是菩萨了。一九八五年春，是库淑兰生命的更新，亦是她形象的重塑，更是她艺术的新生，她一脚滑下土崖，魂魄便奔向天界，被菩萨点化后的魂魄再回到她的躯体，库淑兰已不再是以前的库淑兰，而是剪花娘子库淑兰。这么一来，画面里的剪花娘子就是库淑兰自己了。

学者专家们认为这位女子是菩萨，是度化库淑兰成为剪花娘子的菩萨。面对《剪花娘子》库淑兰也告诉人们："这是我，我的自画像，我把我自己画得像一个佛爷，坐在莲花上。"大家都认为剪花娘子是库淑兰心目中人神互化的偶像，是她剪纸艺术创作的最高境界。库淑兰、剪花娘子、菩萨是三位一体的，给人肃穆、圣洁、崇高的美感，《剪花娘子》是库淑兰作品宗教化的典型，观之令人震撼和敬畏。一幅独创的民间艺术品《剪花娘子》，打开了库淑兰剪纸作品步入世界艺术殿堂之门，也打开了库淑兰剪纸艺术走向鼎盛时期的新篇章。

梅香

寻根

鸟鸹鸹,鸟树皮,

江娃拉马梅香骑;

江娃拿的花鞭子,

打了梅香脚尖子。

梅香"嗯呀,嗯呀,我疼哩!"

"看把我梅香能成哩!"

　　梅香是谁?尽然有幸在剪花娘子的系列爱情题材作品里成为主角?这不能不让所有欣赏过《梅香》系列剪纸作品的读者好奇起来,猜想开来。我认为这位乐观、单纯、善良、勤快、勇敢、聪慧,爱情圆满,生活幸福的梅香,一定是库淑兰理想中的自己。库淑兰亲历了封建包办买卖婚姻的毒害,有着深切的感触,她用一组陈述性歌谣剪纸集中反映出来,也算得上是一种排解,一种宣泄,一种怨恨积压心头的无声控诉。

　　不幸的婚姻使得艰苦的生活如影随形地纠缠了库淑兰一生,幸运的是上天给了她一双灵巧的手和开朗的性格,也就有了悲观的现实生活被她剪贴成乐观的浪漫故事,她靠着这一幅幅甜蜜爱情的画面,一幕幕幸福生活的场景,一张张梅香愉悦的笑脸度过了一个个清苦而忙碌的春夏秋冬。她的乐观的浪漫主义作品,时刻在陶醉着她,鼓舞着她,愉悦着她,之后,更广泛地影响了这个世界,感染人,吸引人,激励人,梅香很快名扬四海。

　　库淑兰活得艰难,她一定要梅香活得舒畅。这样,理想中的梅香就成为天下最幸福的女人,梅香甜蜜的生活反过来又润泽了库淑兰干涸的心田,一天天地复活了她身心里原始的爱的种子,爱情的禾苗次第破土,默默地苗壮,以至于逢阳光雨露便开花结果,这些爱情的植物就疯长在库淑兰的小屋里,花花绿绿,奇形怪状,非常的健壮。这就是乐观与浪漫的力量,亦是梅香的魅力所致,她们能让平庸变得伟大,使腐朽化为神奇。梅香就是剪花娘子库淑兰精神世界里的活性图腾,是心灵和肉体的另一半,梅香生活的地方就是库淑兰灵魂安居的伊甸园。

寻根

杀牛

寻
根

　　杀牛的场面我见过两次,那都是儿时的记忆了,但记忆里没有屠夫怯场这一幕。后来常听人说,杀牛宰羊时切莫去看牛羊的眼睛,牛羊的眼神是动物中最慈祥最温顺的,你看见那双眼,你就没法下手了,因为那眼神此刻已由温顺和慈祥变得哀怜与惊惧。那两道惊惧之光凝聚着无限的力量,含在眼窝能摄人魂魄,放射出来可透入肌骨,令人不寒而栗。那哀怜之光简直能把一颗铁石般的心给融化了,足以使人心生敬畏,哪还敢动刀子去伤害它!另外,还听人说过,你一旦被牛羊那双惊惧哀怨的眼神笼罩住,你狰狞的面貌就会被拍照似的留在它的瞳仁里,不知哪天你就会遭到报应的。缘于这两个因素,我一生都没敢参与杀生之事,既怕报应,更是不忍,由此落了个"心太软,干不成大事"的名声。

　　今天我算是看懂库淑兰的《杀牛》图了,也理解那三位屠夫何以战战兢兢、须发竖立、相互推诿。很有意思的,屠夫可是世间壳子最硬的人,是天不怕地不怕的匪人,万万没想到他们的铁胆偏不敢碰那双温柔的牛眼。

不怪你,不怪我,
都怪你主人卖给我。
都儿呀,力气大,
掮起杠子把牛压;
童生呀,力气小,
拿上擀杖把血搅。

　　心生畏惧也好,心有余悸也罢,你是屠夫你就得干,这份罪孽是上天的安排,总不能让旁人去顶这份罪吧。屠夫知道宰杀过重会折阳寿的,可选择了这一行也就认了,你不做他不做总得有人做,如此,我们还得佩服屠夫们的担当意识,祈求老天从轻发落他们。只是可怜那牛了,你看它的身体在恐惧的挤压下,一圈圈的萎缩着,最终缩小到蝙蝠大小,试图消失在屠夫的视线里,幻想能躲过此劫,或者博得那三个"杀牛贼"的同情而免去一死。怎么可能呢,屠夫已经拿了主人家的订钱,他们可没做过让人失笑的软蛋事。牛就是这样被杀了,至于屠夫被阎王勾去了多少年的阳寿,只有天知道。
　　这是一幅地道的乡土题材剪纸作品,立意独特,独特之处就在于屠夫恐惧的心理和非常的神情,这些自觉或不自觉地源于动物崇拜与神灵崇拜,从反面向人类发出警告,生命必须受到敬畏!

寻根

搅团

从形式上看,这像是一首民歌对唱,而从唱词与节奏上看,这更具戏剧唱段特点,前边是一段唱白,铺开了场景引出了人物,后边是男女主角的对话,话题和语气由平转曲渐起波澜直至高亢收尾。典型的秦腔唱段,有环境,有气氛,有感情,有生活,有板有眼,有起有伏:

> 天黑地黑雾朵儿黑,
> 吆(赶)上黑牛种荞麦。
> 揭(犁)一回地拐三弯,
> 揭了三回拐九弯。
> 按住犁把稳住鞭,
> 让我黑牛缓一缓。
> 肠子拧绳肚子翻,
> 还不见老婆来送饭。

一个风起云飞天色转阴的中午,一个老汉在田野吆牛耕地,地都快耕完了,此时人困牛乏,更觉天昏地暗,他扶住犁把缓了缓气,继而又饥肠辘辘,他再也干不动了,朝村子方向张望,寻找老婆的影子,嘴里嘟囔着:该送饭来了?!

左手提着竹笼笼,
右手提的双耳罐。
站在地头往里看,
咋不见老汉在哪边?

老婆子提着午饭出场了,村口小路上,老婆子摇摇晃晃地走来,站在地头向着辽阔的田野搜寻,也许是天阴地暗,也许是老汉坐在田埂不显眼,她边搜寻边嘟囔:"咋不见老汉在哪边。"急切之情可想而知。

吃哩啥饭?
吃哩搅团。
前日个吃搅团,
夜来(昨天)又是吃搅团。
今日早该变个样,
怎么还是吃搅团?

大旱逢甘霖,雪中送炭人,肠子饿得要拧绳之际,老婆子送午饭来了。老汉喜出望外,远远就问今天吃啥饭呀? 老婆回答吃搅团。老汉的喜悦之情顿消,极不情愿道:前日个夜日个都吃搅团,今日个咋就不变个样儿,不会做岔饭么!? 说着听着两人就坐到了一块儿,老婆放下馍笼子饭罐,甚是不悦,情绪满怀地道出了原委:

柴又湿来烟又大,

碗沟沟锅里下不下;

刀有豁豁案又洼(凹),

擀杖就像辘轳把。

锅板两片锅四匝(破),

笊篱没膝勺没把。

怀里揣哩你碎大(儿子),

不吃搅团再吃啥?

看看,理由多充足。既有客观的也有主观的,你老汉还有啥说! 责任应该在谁? 在农村,男人是外头人,只管打粮挣钱,很少过问屋里事;女人是屋里头人,统管家里一切事务。灶具被磨损成她形容的那个惨样子,那是老婆子的责任,用不成了也不置办新的;再加上"柴又湿来烟又大",如此,烧炒蒸馏、煎炸煮烙是办不到了,只有对付着打搅团,此乃懒婆娘的表现。后两句甩得很干脆:"怀里揣哩你碎大,不吃搅团再吃啥?"碎大指的是他们的小儿子,库淑兰是旬邑人,旬邑人惯把父亲叫大,所以,老婆子情急之下,称儿子是老汉他碎大。这里明显地告诉我们,家是个讲情不讲理的地方,责任二字常常就被赖女人的撒娇撒泼淡淡化得没影了。

在农村,男人们最怕的是中午饭吃搅团,他们把搅团戏称为"哄上坡"。搅团比糊涂饭稠一些,就是你吃上两老碗,半后晌照样饿得慌,因为稀汤饭就是几泡尿。半后晌饥饿的肠肚就像泄了气的架子车轮胎,一架子车粪拉到半坡上,车胎突然没气了,你说恼人不恼人! 大凡精明麻利的农妇,把午饭都做得很实惠硬乘,比如干面、麻食、臊子面,锅盔、包子、肉卷卷,隔三岔五地米饭炒菜酒几盅。相比之下,库淑兰画语中的女主角好像是个懒婆娘。"懒婆娘,打搅团,顿顿吃饭怄老汉。"《不吃搅团吃啥哩》这幅剪纸作品,充满了生活气息,把一对农村夫妇的心理与性格刻画得入木三分。

说媒

农闲时节，待字闺中的女子正在家里陪母亲说话，忽然听见自家的小黄狗在院子汪汪叫。女子闻声出门去看，母亲向窗外发问，女子领进一位老汉。老汉嘴里叼着旱烟锅子，烟杆上晃荡着绣花的烟荷包，老汉喜眉带笑，慈祥和蔼；女子殷勤让座，尽显礼貌、乖巧、勤快、调皮之天性。下面的顺口溜生动描述了此刻的场景：

> 黄狗咬谁哩，
> 咬我张家大伯哩。
> 大伯大伯你坐下，
> 娃给你泡茶嗑籽麻。
> 你给娃说媒定主呀！

母亲在屋里问，女子在外边答，女子领客人进屋，又是泡茶又是取点心，热情招待。最关键的是最后一句："你给娃说媒定主呀！"把大伯的来意一语道破，女子的开朗直率的性格和不拘小节的调侃，反映了近期这个家庭里的新动向,看来,大伯不是第一个登门说媒者。下来的情节自不待说,一方是口吐莲花的介绍与撮合,一方是察言观色的倾听与应对。生动鲜活的农家生活场景,不加雕琢的乡土风俗画面,原生态的一幕轻喜剧小品,趣味横生的谈婚论嫁情节。在农村,女子到了谈婚论嫁的年龄,媒人自会频频来访,母亲就为此感到荣耀,逢人就说这些天媒人都快把我家的门槛踩断了!

剪花娘子把这个女子的形象塑造得精灵乖巧,不卑不亢,落落大方,语出得当。其母亲自然是位明白的屋里人,张家大伯也宅心仁厚,至于这件婚事说成没有,我猜有两种可能:一是事后经过打听与接触,男方家境不错,人品也好,又有本事,于是珠联璧合。一是经过打听与接触,男方家境殷实,但人品极差,溜光锤儿一个,随吹灯拔蜡。然而,观其相知其人,张家大伯如此老成持重,介绍的对象一定属于前者,农村有尊严有威望、正直善良的老人都相信,成一桩好姻缘如同给自己起一座庙。库淑兰也是这么想的,因而,她的剪纸作品里,很多都是再现青年男女的美满爱情与幸福婚姻,这是人类永恒的话题。库淑兰运用自己独特的艺术表现形式,抽象又风趣地让老话题出新意,可谓匠心独具。

这幅作品表现了一个月老促成一桩姻缘的过程,库淑兰通过风趣幽默的作品吸引了观众的注意力和好奇心。在她向大家推介月老全力以赴为一对青年牵红线、搭鹊桥的积善行为之时,不知不觉中,自己也成了红娘,成了剪纸艺术与大众之间的红娘,成了民俗文化与世界之间的红娘,她在提升自己的高度之同时,也把咸阳、陕西、中国的民间艺术高举到了世界艺术殿堂的象牙塔上。

寻根

超然

一日真经念数遍，
北斗魁星免罪愆。
解脱藩篱立信义，
改过迁善听吾言。
误入困境休放弃，
逃出劫运是神仙。
回头望云悟心起，
转身腾云上西天。
宁到西天拉长工，
不到东井坐宰星。

读完这首歌谣，你领略到了超然。欣赏这幅剪纸，你坚信这世
上有超然者。库淑兰如此描述自己的一生："黑了明了，阴了睛了，
吃了饱了，活了老了。"生活的细节在人生的磨难里消解了，生命回
归到朴素的本原——活着，繁衍子孙，也繁衍自己。这就是剪花娘

子库淑兰的超然,库淑兰超然于她终生的辛苦贫困之上,也超然于凡心与神灵之间,超然的灵与肉根系于道家的无为与达观,但又并非刻意而为,这一切统统来自生活的磨难。苦难的孩提时代,不幸的包办婚姻,多舛的中年生活,喜忧参半的晚年,就像一条五色苦链,一环紧套一环。好在库淑兰天生的乐观心性,总能神助般地化解这沉重的魔环,"早一日真经念数遍,北斗魁星免罪愆。"善良人的通性,遭遇不幸时,很少抱怨客观世界,而是通过自省自修获得自度,然后还不忘度化别人,"误入困境休放弃,逃出劫运是神仙"。如此这般,生活在低层的人们依靠自己的虔诚自修达到了自度的目的,脱离心理的魔境,使得身心获得理想的转型,世界由此美好起来,生命变得祥和自如,这就是超脱。"回头望云悟心起,转身腾云上西天。宁到西天拉长工,不到东井坐宰星"。这里我们发现了库淑兰是一位智慧的老人,否则几十年的苦难生活与不如意,怎么就会被她一一化解了,化解的方式就是剪纸,高兴了剪,窝心时了也剪,劫难过后继续剪,剪刀和纸就是度她超脱苦乐尘世的载体,她要借着这载体离地而飞,飞向极乐西天,做一个自由自在、无善无恶的大比丘小神仙,你让她进京做宰相,她也不稀罕。这样的诉求不算过分,对于普通老百姓而言,衣食足,身自由,乐常在,心无烦便知足矣!这是无挂碍的超然,其实也是人类普遍的追求,果真如此了,这个社会,这个世界何来的争斗与灾难。

从画面上看,这幅作品是库淑兰作品里的另一种风格,属于现代视觉的新创意,构图简约,色彩明朗,设景空灵,布局大气,给人以无限的想象空间,这样的创作在老人家的所有作品中算是凤毛麟角,值得赏析一番。从歌谣分析,这幅作品属于朴素的浪漫主义作品,有佛教劝化意识和道家的达观心态。这两种因素皆来自库淑兰自身的生活经历。库淑兰的一生是辛劳、贫困和充满磨难的一生,但作为剪花娘子的库淑兰又是充满了生命活力和天才创造、充满了吉祥祈愿和艺术灿烂、充满了人性善良和纯朴美好性情的一生。所以说库淑兰的唯向自心求的一生又是超然的,她的人生是超然的,她的作品也是超然的,库淑兰的人生故事和剪纸创造无疑将被载入中国民族艺术史册,库淑兰的生命艺术精神永远长青。

寻根

太阳星

　　石榴喜阳,库淑兰喜石榴,红宝石般的石榴籽象征着生生不息的生命。没有了阳光照耀,石榴何以茁壮成果,石榴籽何以饱满甘甜,生命何以生息繁衍。太阳是普照万物之星神,我们自觉地敬畏它,崇拜它,祭祀它,是我们的感恩行为并非迷信。只因有了吴刚伐桂、嫦娥奔月、玉兔捣药、中秋赏月等文化元素,月亮的光辉日渐地胜过了太阳星的光芒,世人眼里心中多记住了月亮,而忽视了太阳,被阳光哺育的人们,你们天天享受着阳光的温暖,却为月亮醉心地歌唱。剪花娘子库淑兰愤愤不平,日日想,夜夜念,最终剪出了这幅色彩绚丽,形态生动,气氛庄严,寓意神圣的《无人敬我太阳星》。

　　这是一幅很少引人关注的剪纸作品,仍缘于人们对待太阳星的知之甚微。太阳星是什么呢? 太阳星乃汉族民间信仰和道教尊奉的太阳神,主掌太阳。道教尊称"日宫炎光太阳星君",又称"大明之神",俗称"太阳帝君""太阳公"。太阳为众阳之宗。农历三月十九日,为太阳星君的生日。在炎帝神农(姜石年)时代即有拜祭太阳星君典礼,到帝尧时代,以春分朝日,秋分钱日,周制且帅诸侯朝日于郊,嗣后之朝代,均有拜日朝日之礼。祭拜太阳神,在许多古老的国家,如古代埃及、巴比伦、亚述等国均有此习俗,可见太阳神为人类日祈信仰之自然神之一。

太阳出来满天红,
个个神灵有人敬。
无人敬我太阳星,
天上无我太阳昼夜不行,
地上无我太阳不收成。

库淑兰所反映的是当今实况,月亮被人类赋予了各种形式的数不胜数的荣誉,而太阳在给予生命光合作用的同时,又为这个世界做出了一言难表的贡献,然而,太阳却遭遇了熟视无睹的怠慢。一如父母对子女的付出,被视为理所应当而受到忽视。一朝觉悟,着实心酸! 试想我们没有了太阳的光芒,将会是何等的模样?"天上无我太阳昼夜不行,地上无我太阳不收成"。就是这样。今天是八月十五中秋节,我们又聚在一起赏月、咏月、诵月、唱月、画月、祭月,讲述有关月亮的故事,形式有大有小,月亮再次享受到了人类虔诚的崇敬。此刻,我想起了太阳,想起了库淑兰的剪纸作品《无人敬我太阳星》。"太阳出来满天红",满天满地的红光,怎么就不能引起人们的注意呢?也许因为它总在白天出现,也许它没有月亮娇美,也许它的光芒有时会伤人吧。但不可否定的是,太阳对人类的贡献远远大于月亮。这种觉悟,我们没有,而剪花娘子库淑兰有,她的这类剪纸作品不仅仅只是宗教意义上的神灵崇拜,她是在揭示一种现象,也在点醒我们这些饮食男女。

麦客

寻根

比布谷鸟更心急的是这一群人,他们操着生硬的秦腔,昂扬着高原红的脸蛋,顶着新旧不一的草帽,背着简单的铺盖卷,腋下夹着明晃晃的镰刀,从高低不平的甘肃原上,一路南下,准备打响又一个夏收之役。镰刀,是他们唯一的武器,是他们与麦子拼杀并能顺利获胜的利刃,所以,他们把镰刀视为第二生命,他们用磨石和水磨砺镰刀的精神、强化镰刀的骨骼,积蓄镰刀的力量,滋养镰刀的寒光,保证镰刀所向披靡,保证自己节节胜利。这就是毅力顽强的麦客,这就是永不言败的镰刀。

陕西的关中平原,是甘肃麦客热爱亦迷恋的土地,也是他们垂涎又嫉妒的土地。他们一下火车就心生醋意:这狗日的地方,平展展的就像一片没边儿的炕席,一个洋芋蛋蛋从宝鸡一下子能滚到渭南,风水宝地呀!这里是他们施展功夫的擂台,是他们赚取钞票的天堂。他们要在短短的十天,马不停蹄,兵不离刃,拼尽积攒了一年的力气,征服金灿灿、层层汹涌的麦浪,他们认为再苦再累也值,既获得了物质利益,也赢得了精神的胜利。

在我们关中农人的意识里,麦客是我们的及时雨,龙口夺食的关键时刻,只有麦客能解我们的燃眉之急。别看这一群群叫花子样儿的麦客,他们腋下那一把把明晃晃的镰刀,可是确保我们颗粒归仓的有力武器。在机械化没有完全普及的时代,麦客就是夏收时节关中城乡的一道风景,更是麦收战役的一支劲旅。

这几年来,随着收割机飞快地转轮,海一样的麦浪,瞬间就变成一袋袋饱满的颗粒。轻而易举获得丰收的喜悦,关中农人早忘记了麦客,麦客似乎离我们越来越远。其实,麦客仍在我们的身边,这飞快的收割机不是麦客吗?还有变换了身份的各色打工仔,他们就是当年麦客们的后人,只不过,他们的衣着不再破烂,腋下夹的不再是镰刀,他们的目的地是城市,他们面临的战场比父辈经历过的更为复杂,他们要收割的是日益疯长的物质欲望。

寻根

夏凉

寻根

忙罢了，随着玉米的种子发芽疯长，整个村庄被三伏天的暑气和青草味笼罩了起来。热啊热啊，知了在树叶间喧嚣。

炊烟散尽，夜幕垂落，静悄悄的场院相继走来夹着凉席的大人小孩，各自找一块宽敞通风的平地，铺开凉席，放好枕头，坐下来先过足烟瘾，然后躺下，发一声感叹："哎呀呀，舒服舒服！"这是困乏的肌肉与骨骼放松后产生的反应。紧张一天，人这一躺下就算是散架了，骨关节和肌肉需要释放，释放酸胀，释放苦痛，释放疲劳，补充氧气和精力。就这么肆脚捺手地沐浴着夏夜的月光和清风。

几声犬吠时远时近，宿鸟被什么东西一惊，扑棱棱离巢飞去，席铺距离相近者，还在低声闲谝，不远处就传来此起彼伏的鼾声。闲谝声戛然而止，一个说："喔怂的瞌睡咋那么盛熟（方便、容易），呼噜子把自己也吵不醒。"另一个道："一天马不停蹄，一倒头都一样。"不远处有人喊："把他家的，蚊子来咧，呕人地很。"这里就急忙地睡不安生，常言：闲心生事。不假，这几位睡不着了就嫉妒鼾声如雷者，就嘀嘀咕咕一阵，随之有人起身回家，一会儿又回来，就听嘻嘻嘿嘿的坏笑声,那人拿着小瓶瓶,捏着毛笔猫腰去了鼾声处。转了一圈回来,又是嘻嘻嘿嘿一阵坏笑。一个忽而问道:"七月七快到了吧?"另一个答:"就这两天。"一个又问:"到底有谁听见过织女牛郎说话?他俩都说啥咧?"另一个思量半天说:"都说七夕夜趴在井口能听见,我没试过,不知是真是假。"一个伸伸懒腰,哈欠连天说:"喔都是神话,胡编的,哄人记住织女牛郎呢。呵哈,瞌睡来咧,睡觉。"另一个痴痴地望着澄澈的星空,自言自语:喔银河两岸的两个宿宿,哪个是织女?哪个是牛郎?

晨曦,村庄的轮廓出现,朦朦胧胧中,有人起身卷席回家,忽而,传来嘻嘻哈哈地笑闹:"'龟田','龟田'么,嘎嘎嘎嘎。""狗日的,谁给爷画的!"这边听见,赶快收起铺盖,悄悄溜回家去。

这就是我记忆里四十年前的村庄夏夜。难得的消遣,惬意的童年,就在这或明或暗的一个个寂寥的夜晚,躺在凉席上,望着星空,手摇蒲扇,胡说浪谝,安然入眠,在微风中月光下迷迷糊糊地做着奇奇怪怪的梦。这就是李小超这幅墨画传递给我们的信息,这信息距离城里人有四五十年的时间,距离农村人就是炕头到场院几十米的空间。

寻根

割草

寻根

　　七月的田间、路旁,河边正是草肥水美时,食草动物最幸福的季节,丰盛的青草喂养得它们膘肥体壮,血气方刚,这一半的功劳应该归于我们这些顽皮但不懒惰的娃娃。漫长的暑假,是我们走出课堂,融入自然的开心时段。每天除了做作业就是割猪草,割草的时间一般都在下午,下午没露水。午饭、午觉后,小伙伴们相约出村,背起草笼,握着镰刀,你追我赶地奔向田野,冲到河边。扒地草,毛毛草,达碗花长满了路边、渠岸、地头,水稗子绿了整个河滩。父母叮咛我们少割水稗子!一是水稗子草身高大,容易撑草笼;二是怕我们趁机下河游泳;三是水稗子猪不好好吃。所以,我们通常都是在陆地活动,活动程序是先割草,草笼装满后开始玩耍,坐在树下斗蛐蛐,趴在渠岸吊蜘蛛,钻进树林捕蝉儿,或者围在路边玩"狼吃娃",在河边抓特务,乐趣无穷,疯狂而忘我。这样既养成了我们的劳动习惯,还释放了我们的体内浊气,又丰富了我们的自然知识,还活跃了我们的假日生活,使我们拥有了健康快乐的身心基础。

"不许下河游泳"并非铁律，父母也有疏忽大意之时。我们就趁机绕下河岸，奔向河滩，三伏天的沙滩滚烫滚烫，没玩一会儿就热汗淋漓，这给下河一个充分的理由，浑身汗泥不洗咋行！于是，脱掉衣裤放进草笼，噗通噗通跳进水里，爽快呀！我们在河里各显神通，狗刨、踩立、蛙泳、漂黄花鲤儿，尽兴至极。鱼儿猛不丁地从双腿间摆尾而过，就有伙伴取来草笼捕捉，怎奈，鱼在水里比人狡猾。失意之时就另起"歹意"，父母不让割水稗子，更不准下河，这会儿割草来不及了，咋办？有伙伴提议，咱去河南菜地偷些洋柿子、豆角和茄子，再用水稗子一盖，回家就不用怕了。这主意好，我们一哄而上，摸进菜地，日暮时分满载而归，结果并非想象那样，个个都挨了父母的打。从此，我在心里默念：做人要本本分分，不准小偷小摸！

"割草走。"门外又传来了小伙伴的呼唤。这声音即清晰又遥远，清晰在我的心里，遥远在时空深处，声音里夹带着浓浓的青草味道，湿湿的甜甜的，很诱人。李小超和我一样，土生土长的农村娃，所以，他画这幅画时的心情，是回归的热切和欣然的陶醉。他是给重重压力下的孩子们以及焦虑又心疼的家长们，赠送了一个他们梦寐以求的快乐童年。

寻根

玉米

寻根

豆荚在炙热的阳光下爆裂，就在豆荚的爆裂声中，农人们挥起小镢头，将玉米秆一排排地砍倒，小镢头的利刃在阳光下闪耀着欢快的寒光，宣告秋收获胜的消息。

村庄里，家家户户齐动手，围着小山样的玉米堆，双手飞快地剥皮、疏羽、拧辫。各家门外的树上站着自家最强壮的劳力，把长龙似的玉米辫挂在树杈间，缠在树身上，很快，整个村庄炫耀起金灿灿的光芒，发布秋粮丰收的宣言，展示硕果累累的画卷。

金镶树，这是我看到李小超这幅画时，脑子里闪现出来的词汇。那墨黑的树在我的视线中渐变着，最后定格在金灿灿的色彩上，金色的玉米与璀璨的阳光合奏着欢快的民乐《喜洋洋》，秋后的村庄没有一天不沉浸在丰收的喜悦里，农人的脸上挂着不散的自得。6月播种，7月追肥，8月灌溉，9月看护，120多个日日夜夜的辛苦，终于赢得一个好收成，农具入库，牛马闲放的秋后，前街后巷频率最高的声音便是农人们沉实的鼾声。

柴禾

寻根

　　自从人类文明始,柴就诞生,反过来讲,柴是人类文明的催生物,因为火起于柴。钻木取火,钻和木都是柴,柴自然是火之本,火使人类终于告别了茹毛饮血的蒙昧时代,单这一点充分证明了柴在人类生活中的重要性。

　　物质领域的柴,燃烧人的生活热望。柴米油盐、柴米夫妻给了柴准确的定位,柴便成为人类生活资料的第一所需。在没有煤气天然气电器灶之前,没有柴,生水生米生油生蔬菜怎么吃? 就在今天的偏远乡村,人们依旧离不开柴,他们拥有得天独厚的柴草资源,山林,草地,田野,无处不是硬柴穰柴供他们烧火做饭,煎水煮茶。柴是人类维系生命、苗壮生命的必需物质,柴禾一起,炊烟遍地,整个村庄便有了生机,香喷喷的饭菜营养了一代代为柴米油盐而忙碌的乡民。柴是人日常生活不可或缺的,有了它,人的饮食无忧,没有它,便可想而知。柴是火,火是柴,它使人类从朝不保夕走向了生生不息,进而让人类从生存进步到生活,令温饱以后的人们生发出一个又一个美好的愿望。

精神领域的柴，点燃人的生命之光。当一个人面临绝境而心生绝望时，就有人会用"留得青山在，不怕没柴烧。"来开导他，意为只要生命尚存、意志不灭，就会有出路有希望，这里的柴指的是你的精神，你的能力，你的人气。众人拾柴火焰高也近于此例，这里的柴可为物质也可为精神，寓意广泛。这个柴可了不得，人一生都离不开它的！宏观世界，微观世界，客观主义，主观主义都靠它传承与扩展，这才有了薪火相传一词，这里的薪还是柴。柴在这个层面上就是至高境界的精神元素，你一旦激活了它，它就会给您释放出源源不断的正能量。

　　艺术领域的柴，传递人的理想信念。李小超这幅画表现的是一群村童于深秋季节，背起小背篓，挎上小竹笼拿着小竹笆去村外的小路上、山沟里、荒野间拾柴禾的情景。村童与柴禾在这里是主题，他是在借这个主题向我们传递一个生存、生活、传承、发展的理念：薪火相传、生生不息。

寻根

隆冬

凛冽的寒风挟裹着浮尘呼啸而来，呼啸而去，土质的村巷里干冷无人。放了寒假的孩子们是最不怕冷的人群，他们三五结队，也像风一样呼啸飞奔，猴子似的钻进柴堆里，冲出墙洞，跳下土壕，满场院子捉迷藏、打假仗，忽大忽小的风儿就把他们疯狂的呐喊声、嬉笑声捎带到长街短巷、家家窗口、空旷野外，惹得狗儿引颈狂吠，给闲得声唤、寂寞无聊的寒冬营造了些许乐趣。

肃静的土坯房高低错落，干枯的树神情麻木，它们为主人遮挡寒风，房子里的热炕上，男主人叼着烟嘴逗着娃儿，女人则纳着鞋底子有一句没一句说着闲话，窗外寒风打着呼哨，不时把门扇掀得吱吱扭扭地响。男人就嘟囔："这天，一冬都不见雪，光刮风顶球用！"女人说："南边那三亩地该浇了，前儿个老四家都浇了。"男人道："胖子他几个正在饲养室拾掇泵子呢，好了后，等牛牛家一浇完就轮咱咧，喔急啥。"女人说："眼看又要过年咧，今年要给新女婿封红包呢，给多少呀？"男人侧过身在炕边磕了烟锅："看他二爸给多少咱就给多少，明儿你和他二妈说说这事，也不要委屈娃。"女人问："那追节咱送灯笼不？""亲亲的侄女,咋不送！"男人愣愣地撂了一句,女人没话了。

风不知啥时减弱了,村中央的高音喇叭响了。动员各家各户赶在春节前结束冬灌,特别提示天干物燥,注意防火。喇叭好像传热筒,响过之后,陆陆续续地有人打开家门,走上街道,相互见面就撂闲话,很快的,整个村庄又恢复了往日的热度。好像凶残的土匪在村子扫荡了半天无功而返似的。这就是我孩提时代冬季的村庄,四十年前的村庄。当它的影子在我的脑海中渐行渐远,逐渐模糊之时,是李小超的这幅画再次让它显现、再现、复活,让濒临消失的古老村落留在纸上,供我们怀旧,供后人研究,供我们照此复制,这就是画家无量的功德。

寻根

婆

寻根

　　我有两个婆,奶奶和姥姥。奶奶是家里婆,姥姥是舅家婆,这是我们关中人对奶奶和姥姥的称谓分别。

　　家里婆在我 6 岁那年冬季去世,舅家婆于我 12 岁那年秋离世。家里婆在我的记忆里不太清晰,她胖胖的,双眼皮,勤快人,老是抱着我坐在我家门外的石墩子上,嘴里念着童谣:"打罗罗,喂面面,杀公鸡,炒蛋蛋……"日久,我们便成了过路人眼里的雕像。舅家婆在我的记忆里极为清晰,因为我几乎是在舅家长大的,舅家婆就是我的监护人和守护神,舅家婆的形象与李小超画中的婆一模一样,偏瘦,高个,短发头,一身或灰或黑的对襟便衣,干净利索。舅家婆在家里说一不二,尤其是在我的事上,一旦想我了,就命令舅舅姨姨们,谁去给我接娃去!不管清晨还是傍晚,午饭间抑或半下午。接我的人走了,舅家婆就坐在门外的石台子上,面向村口的西兰路静静地等。四五年了,这身形这坐姿这神态已定格在了村里人的记忆中,烙印在了儿女们的心坎上,他们每见到我就会说:"一看见你,就想起你婆坐在门口的样子。"我听了心就不由得震颤,鼻子一酸,泪水在眼眶里直打转转。

　　其实,人人都和我同样,也承受过奶奶、姥姥各式各样的疼爱,在他们的记忆里,他们的婆有着各自的定格姿势,但多数都脱离不了依门而坐的习惯,这是老年人无奈的行为习惯,只有到了60岁,你就能理解她们的这种习惯。尤其在农村,干不动农活了,就养养鸡,喂喂猪,打扫院子看门户。看门户就是这样,气定神闲地坐在门外,东瞅瞅西看看,逢人随意诌一谝,图个眼界宽来心也宽。这是乡村街道诸多风景中绕不过去的一种。李小超之所以要浓墨简笔地再现这一情景,因为坐在门外的婆,是天下子孙心目中永不消失的图腾。

寻根

西服

　　我之所以对这两位老农感兴趣，一是因为他俩的神态太熟悉了，这神态我在村里常常见到，李小超把他们刻画得入木三分。二是他俩的衣着，这是最主要的，细心的读者不知您看见了吗，两位老人上身内衬西服，外套中山装，滑稽又质朴，随意又寓意。

　　应该是从 20 世纪 90 年代末始，当西服时尚降温后，西装开始步入制式化与职业化。城市年轻人的服饰兴起随意自然、多式多样乃至个性化风格。因之，那些退役的西服和滞销的廉价西服就一股脑地退至和倾销到偏远的乡村，于是乎，村里老老少少都鸟枪换炮穿上了洋装。毕竟洋装与土得掉渣的老农格格不入，当然，日久天长老农们也觉得别扭、滑稽、不称，还是自家的便装合体，这就有了西服外套中山装或便装的独特装扮。不伦不类，好像又理所应当。

　　关于这种装扮，大部分人认为是随意而为。个别人，这里的个别人是指农村的能人：人前显贵的村干部、倒葱卖蒜的生意人、儿女有权有势的浪哉人，他们有一个共同的特点——能说会道。单就西服外套中山装这一现象，他们就有理直气壮、富有智慧的说法:"叫洋人在里边给咱搓垢甲!"呵呵,听起来有些恶心,但从这实在土气的语言里,我听出了他们的心声:我是爱国者!纯真而倔强的态度。寓意再延续,他们还会说叫咱的衣服把洋装压住,引申到书面语言,那就是中华文化是主体,外来文化做陪衬。这就是可爱的农人哲学,他们没有多少文化,可他们比许多有文化的人更明白事理!

再回到画面上来,看看老人的眼镜。在农村,人上五十就有要求了,他们首先要求儿女给自己孝敬一副眼镜,这眼镜不是一般的镜,是货真价实的石头镜。有了石头镜,人前说话气都硬。的确,一副石头眼镜可是老汉在人前品麻的本钱,当然,一副眼镜不仅限于面子工程,更重要的是它性凉养眼,尤其是眼睛发炎或红眼病,一戴上石头镜,很快就会大病渐小,小病没了,就这么灵,一半源于科学,一半源于心理。当年,我父亲就向我提出想买一副石头镜的愿望,遗憾的是,当年我的工作忙加上还不太懂得孝顺老人,就一拖再拖没有兑现。后来还是我弟弟请乡友帮忙,去一个农村古会上给父亲买了一副石头镜,老人戴上后,很少摘下。时至今日,这仍是我挥之不去的遗憾!每次逛庙会古会,总能看到一圈老人围着一张红布聊天,那张红布上摆满了各式各样的石头眼镜,镜片里透着石头和泉水的*丝丝凉气*。这时,我自然会想起我的父亲,就越发地憎恨自己!

簸玉米

寻根

哗哗哗、哗哗哗……这是玉米粒和藤条疯狂亲吻的声音,这声音很张扬,有些放肆,它们是在释放成熟后爽朗的情绪。

哗哗哗、哗哗哗……

随着簸箕频频地起落,玉米甜丝丝、香喷喷的味道播满整个院子,飘出院墙,逸向天空。诱惑得鸟儿寻味儿飞来,落在掌簸箕的老婆婆头上,啾儿、啾儿……喜不自胜,它瞅见了一生也叨不完的食物,但它难以接近,它急不可耐地对着老婆婆啾儿啾儿啾儿地叫,它抗议老婆婆对它的藐视,它要老婆婆停住簸箕,它要饱餐那金灿灿、香甜甜的豆豆。

其实,老婆婆知道鸟儿落在了她的头上,她在有意逗鸟儿呢。她缓缓地停下了簸箕,想抬头让鸟儿落下来,但又怕惊飞了鸟儿。你看看这件雕塑,看看老婆婆的神态,她谨小慎微的翘颌抬眼,疼爱而刻意的微笑,传达出安详、恬静、喜悦和趣味横生的信息,这信息形成磁场,把人与自然,把爱与生命牢牢地锁定在一座泥塑身上,锁定在围观者的目光与心弦上。

我的确迷恋作品整体的土的质感,看似粗枋,实而细腻,那黄泥深情的韵律,在作者飞舞的手指间迅速地变幻,时而具象,时而抽象,时而写真,时而写意,最终定格成这幅兼工带写的立体画面。

寻根

乐哉天伦

　　小孙孙给爷爷说了什么，致使爷爷开怀大笑，我不知晓，也许是小孙孙柔热的小嘴唇或者嫩嫩的小舌尖挠痒了爷爷的耳蜗。总之，这俩人的形神是如醉如痴、栩栩如生的。至此，这件泥塑作品的造型就成功了一半。

　　大棉袄，大棉裤，大烟锅，大嘴大手，这是北方人的相貌，更具西北人的形象特征。粗犷豪放，朴实敦厚，豁达善良的神态与性格烘托这件雕塑作品的神气陡然显现。

　　兼工带写是这件雕塑作品的创作技法。整体欣赏，作品布局大气，构图紧凑，刻画传神，呈现泥土和棉布的质感。可想而知，作品的创作过程没有拖泥带水，应该是胸有成竹、一气呵成的。看来，作者的艺术造诣不浅，创作手法老辣。

　　隔代亲，是作品的主题，隔代亲的主因吾以为不外乎这一点：初为父母尚年轻，不懂得爱孩子，又因工作忙，没时间疼孩子，待到知疼知爱了，孩子已经长大成人。愈思愈浓、愈浓愈愧的那份沉甸甸的爱子之情，最终就毫无保留地倾注到孙子身上。难道不是吗?！当了爷爷奶奶的人，最能体会到乐哉天伦的深沉含义。

惬意

惬意，是这件雕塑作品所要表达的主题。至于作者的创作思想、技法、风格以及作品本身的特点就不再赘述了。

惬意，用陕西俗话讲就是舒坦、自在、逍遥。

舒坦、自在、逍遥的心情来自无所事事，心无挂碍，也就是城里人的节假日、农村人的农闲时的身心放松。正如雕塑作品所再现的，秋收了，冬藏了，老农伯伯闲下了，家务有屋里人（女人）做，自己便裹紧棉袄，装满烟锅，吧嗒吧嗒哑着旱烟出了家门，或进牛棚，或进羊圈，或去果园，或去菜地转悠转悠，啥也不干，图个眼宽。冷了困了，就地找来硬柴（树干树枝），拐进存放工具的小屋里，拉过来一只小木凳坐下，堆起柴禾点燃，一边哑烟锅，一边手脚闲伸烤着火，舒服！这舒服只有舍得放下的人才能彻底体会得到。

这是一幅老农逍遥图。

这种逍遥看似土气却自然，看似孤独却泰然，看似清贫却安然，看似平常却释然。仔细欣赏，会从老农的面部和眼神，读出农耕者生生不息的苦乐年华与悲壮故事，意象中会浮现波澜壮阔的农耕史诗般的画卷。就这么一件老农逍遥图,它可是亿万农人生活的缩影。

再回到这件雕塑作品本身,烤禾或烤手,用陕西农人话讲,叫"燹"火或"燨"手还是"歇"火或"歇"手? 这个字我没考证过,在此以音替代旨在抛砖引玉,期望获得专家学者的金玉之声。

寻根

纳鞋底

寻
根

五大三粗,却也健壮,这是农村妇女典型的特征。

土生土长,泥巴塑身,这是庄稼人割不掉的根脉。

别看她们粗俗土气,可她们心比针细,手指灵巧,否则,她们的日子怎会过得有滋有味、像模像样。你只需看看她们纳的鞋底儿,针眼斜顺成行,线头排列如花,鞋底不软不板,尺码大小合脚,拿在手中是件工艺品,踩在脚下任行千万里,人是帆它就是船。

面对如此精致的鞋底儿,你眼前浮现出的尽是纳鞋底儿的农妇,可能是你的母亲,可能是你的姐妹,也可能是你的嫂子或媳妇。她那专注的神态就像一位艺术家在创作一件精美的作品,一丝不苟、神态专注,全身心地投入其中。此刻,你看不见她身上的土气,看不见她内在的粗俗,更看不见固有的五大三粗的形象,她突然变得身形柔美、气质娴静、眉目聪慧、心灵手巧,这才是女人应具备的特点,我们的母亲,我们的姐妹也有呀!你在这么想时,她也在边做边想,想着你的脚型,想着你的身高,想着你走路的习惯,想着你看到这双鞋时的表情,想着你穿上这双鞋时的样子,甚至连这双鞋需配什么裤子都想到了。想着想着，羞涩的红晕漂上脸颊，幸福得上牙轻轻地咬住了颤抖的下唇，甜蜜与幸福偷偷地占领了她的心，她醉了，就在这一年忙忙碌碌之余的这段时间。不知是一只猫还是狗儿抑或是一只鸡叫，惊醒了她，她又加快了手法，她要赶在年前把鞋做好，让你过个从头到脚全然一新的好年。

这件泥塑作品形神兼备，作者是带着感情仔细雕塑成功的。看着这位可爱可敬的农妇，我不由得想起我母亲中年时的形象，也留着这样两只大辫子，穿的也是这身织布棉衣，脚蹬自产的方口布鞋，在农闲时节，用破布片在门板上糊成一张张褙子，等褙子干透了再揭下来，取出一家人的鞋样，拓在褙子上剪出一双双鞋底子，捏来活笸篮开始穿针引绳纳鞋底儿。一系列程序，都浸透了母亲细致入微的神情。

一双鞋，可不是布或皮革组成的物件那么简单，首先需要把糨糊抹在白布上，黏一层、抹一层，一直黏到一厘米左右的厚度，再拿到阳光下暴晒，使其干透，再按照脚的大小码子裁剪鞋底模型，然后用已打过蜡的麻线或棉线绳子来纳鞋底。纳鞋底非常费时、费劲、费工，因为鞋底比较厚，针不容易穿透，往往得用锥子先穿透鞋底，后用右手食指套上顶针协助顶穿针线，仍然非常吃力，纳出一双鞋底一般都要一个多月，最终，纳鞋底儿者的右手难免伤痕累累。就在这只伤痕累累的手指间绽开出一片片洁白的花瓣，散逸着不尽的细细汗香和绵绵体香以及悠悠馨香。

寻根

品麻

一双细目似睁非睁，两片厚唇微微撇翘，蓄着比较讲究的胡须，剃得光滑的脑壳，干净的棉袄被腰带扎得紧紧称称，裤腿儿垂展，方口布鞋一尘不染。这是一位家境殷实，个性品麻（关中方言）的老头。品麻指逞强、傲气。你看看他那双眯缝眼，那双倔嘴唇，十个不理，八个不问的神态。

紧扣在他右肩背后的那只小竹笼，是在告诉我们他这是要去赶集呀还是拾柴禾去？我想应该是赶集去，就他这样的人，能去野外或路边拣拾柴禾吗，低人品哦！他一定是要去集市上品尝他喜爱的某个小吃，然后和小商贩争来辩去，以最低的价格，买回最满意的商品。

这样的老头，在乡村多的是，几乎每个村子都有，他们多是早年的地主富农或书香门第出身。物质上丰衣足食，腹中存着四书五经，骨子里浸透了"劳心者尊，劳力者卑"的观念，所以，他们周围，没有可与其对话者。眯缝的视线里只有天，撇翘的嘴唇上挂着地，谁和他打招呼，他都懒得睁眼，哼哼哈哈予以敷衍，他只活在他的世界里。这是一种自炒，也是一种自保，日久则炒出一个乡绅来，自封则保全了家财不外流，多狡黠的一个农村老头。

老妪

　　背上的童年是这件泥塑作品的主题。这是一件凸显石刻风格、小写意手法的作品。

　　这是本组乡村题材作品中较另类的一件,造型、比例、技法、神态谈不上美且奇丑,但它又是最具特点的一件,野怪粗丑。野在令人惊悚的相貌,古怪。是男是女?怪在女人男身,粗糙。奶奶?祖奶?粗在辨不出年龄,潦草。古稀?耄耋?丑在裸露的上身,松垂。衣领?乳房?

　　确定她是女人的是那双三寸金莲,准确的称谓应该是老妪。岁月的风霜如同刻刀,把一个娇巧的闺秀,无情地写意成岩雕般的模样,让人看不出年届古稀还是岁入耄耋。单从背后那个光屁股幼童仍然说不准她是孩童的奶奶还是祖奶。这就是面朝黄土背朝天的农妇的相貌特征,从相貌上看不出年龄。她们把鲜嫩而饱满的岁月化作汗水滋润了脚下这片土地,她们把滚烫而甜蜜的爱变成乳汁哺育子子孙孙。最终把自己熬成了一尊风痕累累的雕像,虽丑陋却慈祥,虽粗糙却健康,这样的老妪大多都是热心肠,难怪那个光屁股孩童在她的背上睡得那么踏实那么甜香。

打罗罗

喂面面

杀公鸡

炒蛋蛋

问我娃儿吃啥饭

吃的糖水荷包蛋

……

老妪念念歌歌，碎步轻转慢挪，孩童在摇篮般的宽背上，听着童谣熟睡了。这是每个人童年都享受过的待遇，懵懂的幸福与甜蜜，懵懂的温馨与安然。感谢作者通过泥塑呈现给我们这个共同的回忆。

骑马

又一幅爷孙乐的生活图画。

这一幅中的孙子长大了，基本具备了成人的行为能力，你看他的姿势多么矫健，心情多么愉悦，笑得多么幸福，完全处在忘我的状态，飞呀飞！爷爷便是孙儿快乐和幸福的创意者、奉献者，虽然牺牲着自己的体力与时间，但他乐此不疲，你看他笑得比孙子还开怀。

这爷孙俩玩耍的游戏名叫跳鞍马，我们儿时也玩过，我们叫骑马。我们儿时玩骑马可是一群小孩玩，经过猜动猜把大家分为两队，胜者先骑，输者当马。游戏的程序是先指定一人背靠墙站立当马头，然后让当马这一队人弯腰接龙，就是先让一人弯腰九十度把头钻到当马头者的两腿之间，再来一人弯腰把头顶在前头那位屁股后头，几个人依次连接成一字队形，如同长长的马背。连接停当了，裁判员招呼早就排队等候的骑手上马，于是，骑手虎虎生风地跑步起跳，劈开双腿，双手一摁"马背"，用尽全力地跃向最前边的"马背"上，好给后边的队友留出座位，等骑手们都纷飞上了马，再由第一位骑手和马头猜动猜，若骑手赢了，他们继续当骑手，若马头赢了，就轮当马者翻身当骑手。记得当年有一次，我们当骑手连赢几轮，那些"马儿"不服气，其中一位在我一跃而起时，突然扭头逃窜出"马队"，致使我仰面八叉地跌落在地，摔得我屁股疼了一晚上。

尽管那时的游戏既原始又危险，但它却是我们自编自导的，是我们脑力劳动的杰作，虽然费力却趣味横生，这游戏无意中培养了我们的合作意识和团队精神。

如今，当年那一层层骑马的孩童相继岁至天命、步入花甲，骑马的游戏从他们儿子那一代就没人再玩了，到了孙子这一代便成了传说。今天的孩子们迷恋的是电子游戏，这种现成的游戏不用动脑子却费时间伤眼睛。看着孙子的大脑即将机械化，看着孙子早早戴上了瓶底儿似的眼镜，看着孙子渐渐地厌食失眠，看着孙子学习成绩日益下滑，尤其是发现孙子的体质不再健康了，爷爷奶奶发急了，随之急中生智，爷爷决定陪孙子玩自己当年玩过的游戏——骑马。

寻
根

吹手

这件泥塑作品塑造了一个唢呐演奏者，关中农村人称其为乐人，吹手。吹手常见于丧事现场，通常是四五个人一组。吹奏的曲子以悲乐为主，大多婉转低沉，如泣如诉，只有在献礼和大报鼓时才能吹奏清脆高亢的曲调，此刻，乐队会推举出水平高的吹手演奏双唢呐，演奏的曲子惯是丧葬祭奠奏《雁落沙滩》，三周年纪念奏《百鸟朝凤》，将献礼的气氛推向高潮。

那么这位吹手高高仰起的唢呐吹的是民乐《百鸟朝凤》呢？还是新曲《双庆胜利》？或是秦腔曲牌《将军令》？更不知道他是在文艺晚会上独奏？还是婚丧嫁娶、生日祝寿堂会上的表演？抑或节日欢庆中的合奏？也许是在为一场戏曲伴奏，唢呐不单单在以上场所出现，它更是戏曲乐队中"文场"里的一件重要乐器。奏一些如"前场""尾声"或戏曲人物示以威风的"升堂""升帐"之类的曲牌，用此烘托环境气氛或辅助演员塑造人物形象。

我记忆犹新的是顺来（崖）子那个盲人吹手，他可是方圆百里的金牌吹手，平日见不到，只有在丧事上才出现，中等个头，胖胖的,由于长期吹唢呐,两腮鼓鼓的,一双瞎眼似睁非睁间,呈沉思状。他善于演奏双唢呐,一旦举起唢呐,就会像这位泥塑吹手一样地活跃起来,亢奋起来,高亢、低回、悠扬、婉转、如泣如诉的乐曲便会缭绕他的浑身,再从他的体内呼啸而出,飞炫满堂,继而跳出院墙,飘荡整个村庄,这是极其富有表现力和感染力的演奏。观众和听众的心都被牢牢地摄住了,随之而悲痛泣咽,随之又心弦共鸣。这就是盲人吹手一生最精彩的时刻,他的一生多半活在精彩里。

寻
根

梆子手

这是一组造型独特,风格突出,技法娴熟,题材鲜明的泥塑作品,行话讲,应该属于细货范畴,也就是作者不用模子,仅凭自己的感觉手捏竹刻而成。如此表现手法竟雕塑出这些栩栩如生的人物,实属难得!

譬如这位自乐班里的女乐人,手执梆子,击打自如,一看就是老练的梆子手。通常戏班子里打梆子的都是男性,作者雕塑此人物所选取的原型大概是华阴老腔或是秦腔自乐班吧,也只有老腔班子和自乐班才出现这么夸张的形象。你看那女子一副典型的关中女性模样,一双今天已是很难见到的冒盖儿(大辫子),花棉袄配大棉裤,方口布鞋,举止高调,毫不拘谨,性情中人也,时下流行语为女汉子。也只有这样的人才配使用这种张扬的乐器,如此梆子才会发出清脆悦耳的响声。

秦腔和其他地方梆子一样,梆子是很关键的打击乐器,不可或缺。节骨眼处梆子要打出各种板路的节拍,如四分之四、四分之二、四分之一等节奏的时候,梆子起着打节奏的作用。

其实，梆子最初与戏曲无关，它只是古代巡更或旧时衙门用以集散人众所敲的响器。巴金在《砂丁》中有所描述："二更的梆子果然响起来，清脆的木头的声音在这静夜里和那一声两声的狗叫互相应答。"梆子与戏曲结缘约在明清时期，随着梆子腔戏曲的兴起而流行。

清代李调元《剧说》："以梆为板，月琴应之，亦有紧慢。俗呼梆子腔，蜀谓之乱弹。"原来秦人的桄桄子乱弹也因它而得名。别小看了方寸之木，有它的叫板和带动，角儿们的声腔才会高亢激越起来，戏才会升向高潮。难怪这位女性梆子手的神态与身架如此的自豪与张扬。

寻根

拉胡琴

　　在欣赏这件泥塑作品时，我耳边悠然响起凄美绵长的秦腔曲牌来。有文友在一旁突然问我："你知道他拉的什么曲子不？"我没及时回答，因为他问得太突然。看了一会儿我反问他，他盯着拉二胡的小泥人说："他拉的若不是《二泉映月》，就是《空山鸟语》。"我问他为何非得是这两个曲子呢？他说："二胡名曲呀！当然，除了这两个曲子，还有《寒春风曲》《月夜》《流波曲》《听松》《三宝佛》等都是二胡名曲。这些曲子是汉族民族器乐的传世之作，是汉族传统音乐的瑰宝。"我笑了笑说我反倒认为他拉的是秦腔曲排，因为这泥人的衣着相貌全然一个关中人。你看看他那高大粗壮的体格，挺直宽实的腰板，恣意陶醉的神态，标准自然的操琴姿势，定是入了戏了，凭口型我猜他吼的可能是《斩单童》吧。

　　回家路上，他问我对二胡可有研究，我说只知皮毛，二胡名从何来我不知道，我只知道胡琴儿，从小就常听人说"拉胡琴儿"。顾名思义，胡琴就是胡人发明使用的乐器。盛唐传入中原，被列入梨园伴奏班子里，成为戏曲伴奏乐器之一，延至近代才更名为二胡的,由于它演奏的曲调壮美、凄美、纯朴、浑厚、丰润,在弓弦乐器中散发着独特的魅力,到了清末民初,刘天华、华彦钧使它从民乐队伍中脱颖而出,独立门户,从而诞生了数十首二胡独奏的民乐名曲。

至于二胡在秦腔演出中的作用,我听一位老师讲过,具有陕西一带地方韵味的二胡演奏风格,富有秦腔、眉户等戏曲特点,在特性音及戏曲板式的运用上极具特色。其代表曲目有《秦腔主题随想曲》《迷胡调》等,在秦腔乐队中,二胡是一个独树一帜的伴奏乐器,它属三大件包腔乐器之一。

因一件泥塑,展开对二胡这个民族乐器的了解,我认为是有必要的。这对普及民族艺术知识是个借题发挥的最佳档口。

寻根

泥塑作者是位很有生活的人,他对民乐演奏者烂熟于心,单就这件作品而言,他不但淋漓尽致地再现了一个戏痴的酣畅神态,又没忽略乐人操琴的基本姿势,为此我断定这是一位值得敬重的雕塑家。

月琴师

月琴是很优雅的弹拨乐器,提及月琴,首先联想到的就是竹林七贤之一的阮咸,他是月琴之父,其次就是台湾歌仔戏和彝族的阿细跳月。很少有人把它与戏曲联系起来,这与电视综艺节目有关,它们只注重了歌舞类艺术形式的推介与普及,忽略了对戏曲的宣传。

其实,月琴的"人缘"很广,歌舞、戏曲皆离不开它,民乐、西乐都有它的身影,我们的秦腔依然。你看看这位泥塑琴师,演奏的形态就很特别呀,人家月琴可是乐器中的闺门旦,他偏偏把人家打扮成了红脸汉,呵呵,这就是陕西桄桄子乱弹的性格呀!同样是弹、拨、撮、扫,推、拉、揉、移,人家民乐琴师的姿势是那么的温文尔雅、仪态万千,而我们秦腔琴师的身形却是那般的放浪如醉、姿态夸张,这就是我们秦人的风格,秦人的性情,通透直爽,疏朗张扬。

月琴音无高调,轻轻弹动,有如丝丝细雨;急促拨弄,犹如万马奔腾。这可要我们静心地去聆听,才能感受到月琴独特的魅力,要么它怎能成为独奏乐器呢!

执著

寻根

实指望见兄长倾诉肝胆，
恨差役站一旁有口难言。
可怜哥哥罗网陷，
雪上加霜苦难言。
周仁不敢把兄怨，
只恨严年狗奸谗。
哭娘子只觉得天摇地转，
我的娘子，英烈的夫人！
一阵阵心血涌我头晕目眩。

这是周仁最后的心声，其情可怜。

拉低胡的这位琴师自拉自唱，完全投入到了周仁的无奈与痛
苦之中，唱得声情俱到，唱得心神熬煎，使得观众只闻唱词而听不
见琴声。其实，即使他唱腔低沉，琴声依然似有似无，因为，低胡本
就是弓弦乐器里的低音族。

低胡的任务是加强乐队音响的厚度，它是乐队音响的基础。低胡虽低调内敛，但又不可或缺，没有了它，乐曲就会显得没有底气和重力，这正是尺有所短，寸有所长，世间万物，各具强项。若不是大提琴强行介入，低胡也不会被迫退出戏台，冷落一旁。有幸的是，民间仍旧有它的市场，来自民间再回归民间，历史的必然，民族乐器在此得以保留和传承，得以新生和推广，秦腔自乐班功不可没！

置身公园，置身广场，置身于乡村中央，低胡没有失落的忧伤，声色还是那么厚重刚强，底气十足。大舞台与小剧场功能无二，走到哪里都不会更调变腔，这就是低胡的性格，低胡的主张。就像一位矢志不渝的志士，不怕你身份变换，不怕你居无定所，不怕你生境转移，就怕你无所专长、志不高远。一个没有专长和志向的人，还不如这把低胡呢！低胡是幸运的，低胡是可敬的，低胡的命运不悲哀！只要我们的自乐班还在，只要我们的民间小剧场不散，只要我们的琴师不移情别恋。

寻根

胡拉海

寻根

以袒胸露怀的形象出现在公共场合的女人，不是疯子就是傻子，要么就是比胡拉海还出头的那种，在我们这个国度是这么认为的。这件泥塑作品所表现的中年女性，袒胸露怀于人前，有伤风化，农村人更是看不惯。这现象在西方国家也是不允许的，属于不文明行为，要遭到警察干预的。

以上观点是从物理现象判定这位袒胸露怀的女人的。但从物理本质上去分析，这女人为何要袒胸露怀？作者塑造她的目的何在？是直面地再现还是抽象地寓意？我们恐怕猜测、分析不到根上。我猜想这女人像我们关中农村的那种比胡拉海还过分的女人，准确的称谓我一时想不起来，这种女人不疯也不傻，只是不拘小节，有些任性，不修边幅，大不咧咧，饿了吃饭，热了敞怀，旁若无人，我行我素，管他旁人怎么看。这样的女人，城里没有，一旦出现不是疯就是傻，而在夏季的农村常见，在收工回来或饭后以及刚奶完孩子这段时间，是下意识的行为，而且是在局限范围内，不能说成有伤风化，这是我对这件泥塑作品的一家之解。

其实，我们想得太多了，作者也许是率性而作，他是在表现关中妇女纯朴的本质、善良的性格、博大的胸襟，健美的体魄，憨实的形象……

的确，作为艺术家，表达的含义应该是这样，美术首先就要体现美，洋气的美和土气的美，这里就是土气的美，原生态的美。健壮的体态由浑圆的乳房和浑圆的腰身构成，这件泥塑作品让我想起了欧洲19世纪古典主义风格的油画，大多是表现女性健美的体格，女性的美和母性的美即摄人心魄又暖人心窝，这是人体自然的美！其中也有与这件泥塑作品类似的神态与造型。至此，我们完全可以否定前面所有狭隘的猜测与定义了。

看来，多少简单而正常的事物，都在我们这些爱琢磨者的心眼里，语言上变得复杂了。相反，不是我们所议论的事物疯了、傻了、丑了，而是我们的心理就窝藏着疯子、傻子和丑八怪。

寻根

锅盔像锅盖

寻根

　　树上的杏子黄了,田间的麦子也黄了。在这甜与香烘染的季节,农人开始了一年一季龙口夺食的大忙。大忙之后的成果就是满囤金灿灿的麦粒儿和一垛垛麦秸集。不久,家家户户的烟囱飘出青白的炊烟,这是新麦秸燃烧的柔情,随着炊烟飘散的还有新麦面被烙熟了的鲜香味,那是一种独特的香味,这香味儿只有我们关中农村才有的。从这甜津津香喷喷的厚味里,我又看见了母亲站在案边频频地揉,细细地擀,擀出一张张雪白的月亮,姐姐坐在灶火口,把一撮撮麦秸填进灶口,再用火棍儿把嫩嫩的火焰拨匀,母亲双手托起雪白的月亮,轻轻地摊在烤烤的铁锅里,用竹筷子在月圆的饼子上嗖嗖扎上一些小孔,然后把一顶新草帽扣在饼子上,等一会儿,揭开草帽,双手摁住饼子转一圈,再过一会儿,又提起饼子翻个个儿,如此几回,雪白的月亮摇身一变,成了一面黄色的太阳,我们刚刚闻到的厚厚的甜香味道,就是这太阳释放的光芒。母亲和姐姐演变月亮和太阳的过程,就是一种轻松而愉快的劳动,一如飘柔舒缓的太极动作,就是这飘柔舒缓却创造出了阳刚霸气的面食——锅盔。

"锅盔大得像锅盖"。王兴科这幅画的落款如是说,这是陕西八大怪之一。锅盖般大小的锅盔在关中地区有三种,一是乾州锅盔,二是长武锅盔,三是武功锅盔。从画面上愣头小子立眉瞪眼的表情看,作者分明介绍的是武功锅盔。关中人有句俗语说"睁眼锅盔香又爨"。意思是咬一口锅盔非睁大了眼睛不可,那么什么样的锅盔才能让人如此面目狰狞地去咥呢?只有武功锅盔,一拃厚的锅盔,抱在胸前,大张口也不见得能咬住,当你的嘴巴张到极限时,你不妨照照镜子,看看自己的眼睛是否也被迫异常地睁大了,睁眼锅盔的美誉由此而来。

我喜欢甚至偏爱武功锅盔,除了它那圆嘟嘟、厚墩墩,大气魄的造型,更迷恋它厚实实扑鼻的薪火香味,那香味里融入了田野的博爱,犁铧的执着,阳光雨水的恩情,父老乡亲的勤劳以及我绵绵不绝的乡愁。

"锅盔大得像锅盖",虽然只是一句夸张的比喻,可它实实在在地凸显着秦人实在、豪爽、自信、热情的性格。它出现在哪里,都会掀起一阵豪放震荡之气,男人随之而阳刚,女人随之而泼辣。

寻根

一碗燃面饱三天

面条像裤带

寻根

王兴科画完这幅吃面画，落款写道"一碗燃面饱三天"。一碗什么样的面条能让人饱三天呢？我们看看画面就知道了，原来是 biangbiang 面，外地人叫裤带面，陕西人俗称宽面。

作为土生土长的关中人，我认为，这世上最能激活人味蕾的并导致人立刻饥肠辘辘的，就是咸阳 biangbiang 面了。每想到这三个字，就会听见面条摔打案板时的 biangbiang，biangbiang……声和油泼辣子的"吱喇"声，"面好啦，自己调。"一老碗热气腾腾的裤带面摆在了面前，我迫不及待地调上所需的调料，开始搅拌，看着红油香辣诱人的一碗宽面条，简直就是稀罕人的艺术品，使人不忍心囫囵吞枣、狼吞虎咽地消灭掉。于是乎，用筷子一条条地挑起来，看一眼吃一条，觉得这样更享受，这叫享用，与面无关。这种享用既满足了食欲，也满足了心欲，还饱了眼福，物质精神双获益。你说，这样的一碗面能不饱三天吗？

"面条像裤带"，陕西八大怪中把咸阳 biangbiang 面比喻为裤带，是有点不雅，但也只有裤带才能更具体更形象地作为参照物。

biangbiang 面的主料必须是关中地区出产的小麦，面味醇香，面性筋道，面质细腻；biangbiang 面的配料务必是兴平产的秦椒，肉厚色正味香辣；油嘛，自然是乾县礼泉一带出产的菜籽油。这一碗及其诱人的油泼辣子 biangbiang 面，融入了诸多的咸阳元素，走出了潼关，走出了国门，飘香世界，激活了不同肤色人们的味蕾，让他们在享用美食的同时也领略中华千百年饮食文化的魅力，认知陕西粗犷豪放的饮食风格，爱上关中平原黄土的厚重，红椒的热烈，老碗的实诚，秦人的泼辣。

寻根

姑娘不对外

陕西八大怪之一的"姑娘不对外",是说陕西的姑娘都不外嫁,往大哩讲就是不出省,往小哩讲就是不出村。究其缘由是关中平原土地肥沃,生活富足,自然灾害从不侵扰,周秦汉唐皆在此建都,历代帝王都长眠于此,这里人轻而易举即可享受舒心的生活与天伦之乐,所以,嫁闺女也习惯越近越好。在关中,依照惯例,自家姑娘到了待嫁年龄,父母都会拜托七大姑、八大姨四处打听,然后选择一个比较满意的人家将闺女嫁过去,这样也是知根知底,图个便于照料。

其实,我对这种传统的保守的婚嫁观念持反对态度。生理科学证明,两个在血缘上没有关系而在地理上又相隔甚远的男女婚配,基因纯合的机会少,所以患隐性遗传病的后代也少,而且孩子的体质、天赋也会明显优于父母。远在15世纪,清政府从甘肃等地迁移了一批百姓到新疆达坂城一带,他们与当地居民通婚,这种远距离婚配造就了漂亮的"达坂城姑娘"。这就是基因改良的结果,优良的基因会使我们的后代青出于蓝。我们很熟悉的一句骂人的口头语

"杂种"。其实,"杂种"不但不该挨骂,反之应该大力提倡。这如同生物界存在着杂种优势的现象一样,即"杂交出良种"。两地相隔越遥远,其优化的概率越高。由此可见,异地婚配对优生优育的作用不容忽视。我还是提倡两地相隔越远越好,这里的"越远越好"不一定教条地限制在空间上,我们身边不是有那么多的外地小伙子吗?只要他们优秀,就可以考虑,如此岂不两全其美,既在形式上维护了"姑娘不对外",又在客观上保证了"杂交出良种"的优势。

当然,"姑娘不对外"在今天的陕西关中,已非铁律了,随着文明的进步,社会的开放,科学的普及,老陕们已进入了知识经济时代,一批批陕西女子走出潼关,远嫁他乡,为当地的政治、文化、经济发展作出贡献。同时也养育出一代天资聪颖、英俊漂亮的子女,随着交通的发达,随时都可以回家团聚,一家人反倒显得格外的亲热,这就叫距离产生美。

寻根

板凳不坐蹲起来

饭后一锅烟,赛过活神仙。看看这老汉,美美地完一老碗燃面,就想当神仙,他把碗筷往小板凳上一放,慢悠悠地反手抽下插在脑后衣领内的烟锅,把烟锅探进烟包里,满满地装上一锅子旱烟,点着后深深地吸上一口,哈——诣得很!脸上浮现出优哉游哉的神情,如醉般满面酡颜。这一系列动作是在他不变的蹲姿中完成的,好一个了得的蹲功。

蹲,陕西方言为搁蹴。

蹲,陕西男人最习惯的一种姿势,陕西八大怪中有一怪就是说:"板凳不坐蹲起来。"意思是陕西人喜欢蹲,即使有凳子也不坐,甚至会蹲在上边。由于陕西的男人们一日三餐都要蹲在一起"老碗会",而且一蹲就是一个多小时。加之,人们冬天喜欢蹲在背风向阳的地方"晒暖暖"或者"丢方",于是,他们就养成了蹲的习惯。这便是"板凳不坐蹲起来"的由来。

蹲,是要讲功夫的,只有长年累月的历练,才能长蹲而心静气闲,不累不乏。而陕西人却是自来巧儿,天生的蹲功,你随处可见,老老少少都喜欢蹲着吃饭谝闲传。

　　蹲,已成为陕西关中地区特别是农村最突出的亮点,"板凳不坐蹲起来"这一怪独步天下,简直就是地球上的绝版。

寻根

帕帕头上戴

画面上这位农村老婆婆的独特装扮,如今已是很难见到了,尤其是头顶那只蝴蝶样飘飞的手帕,让现在的年轻人觉得新奇又不可思议,这种不可思议在当年的外地人和外国人的意识里也有过,认为很奇怪。人家江南女子是把手帕系在旗袍开襟上的,可陕西女人却把手帕顶在头上,关中女人买不起帽子吗?非也。那是他们太不了解我们关中的文化,还不知道"帕帕头上戴"这句家喻户晓的歌谣呢。

> 关中农村老太太,
> 花格帕帕头上戴。
> 防晒防尘又防雨,
> 擦手抹汗更实在。

"帕帕头上戴"并非一种随意的行为和简单的装扮,那可是既装饰又实用的生活习惯。在关中宝鸡、渭南、咸阳等地,上了年纪的妇女人人头上都戴着一块黑白色方格的帕帕,从色彩上是对秦始皇以水为德,崇尚黑色遗习的延续,从材质上是对本土农业产品的展示,从款式上是对地域手工技艺的炫耀。其实,头上戴的帕帕还具备很强的实用性,戴在头上可防风、防尘、防雨、防晒,取下来可擦汗、洁手,还可临时用来包东西,遇到丧事还能遮脸哭泣、擦眼抹泪。

再看看兴科先生这幅画,浓墨重彩、灵思妙笔地表现着一个闲暇时节的农妇,把自己拾掇得干干净净,利利索索,心情愉快地挎上包袱,领着小狗出了家门,迈着轻松的脚步,满面春风地行走在田间道路上,春风顽皮地掀起她头上的帕帕,像蝴蝶般飘动,多么令人羡慕的惬意情景。她是回娘家呢?还是去看闺女?是赶集去呀?还是有别的事?我们不得而知,我只注意到她头顶上戴着的那只帕帕,它就像标签似的告诉我们,这农妇是陕西关中人。我为我们关中妇女如此的精神面貌而自豪,而备受感染。

"帕帕头上戴"是一道地域的风景,也是一种古朴的装饰,是一种憨厚的形象,亦是一种风俗传承。从今往后,这种濒临消失的生活习惯,将会以人为的艺术形式被请进大雅之堂,供后人欣赏和研究。

寻根

秦腔不唱吼起来

寻
根

　　"秦腔不唱吼起来"也属于陕西八大怪之一。这里的吼,是指戏曲里黑脸(黑脸)和花脸行当的唱腔,他们的发声多是高亢激昂,惊天动地的,陕西人称"挣破脬"。这里我们不由得会联想起"一声雷"的单雄信,气冲天的包龙图,喝断桥的张翼德,听到秦腔这一声吼,浩然正气遂贯通全身,萎靡之气便瞬间消遁,这就是秦腔"一声吼"的作用。

　　不久前,西安一家影视公司拍摄一系列陕西民俗题材的纪录片,在拍摄 biangbiang 面这一环节时,需要一个民间的秦腔艺人把biangbiang 面用黑脸唱腔吼出来。他们把找演员和编唱词的事委托于我,这演员好找,我身边有的是秦腔自乐班的艺人,这唱词呢,我想来想去,只有把 biang 字的成字口角改编一下最合适。心里有了底,就去找自乐班的班主许文海老师,我俩就在他家现场改编好了唱词,演员也由他选定。拍摄那天,演唱效果出乎意料地令人满意:

　　biangbiang 面哎——

biangbiang 面啊——

一个点点飞上天，

九曲黄河两头弯。

八字刚刚张开口，

言字急忙往里走，

东一长哎西一长，

左一扭来右一扭，

中间夹个马大王。

月字邦啊心字底，

搂个勾勾挂衣裳，

推上车车把咸阳逛哎嗨——

寻根

粗犷豪放，振聋发聩的黑脸唱腔把霸气香辣的 biangbiang 面演绎得淋漓尽致，令人震撼。原来黑脸和 biangbiang 面才是最佳的搭档，它们合力彰显秦人的阳刚气质与楞撑性格。

秦腔一声吼，山河抖一抖。

高兴时吼一段秦腔，群山为之起舞，白云为之翻飞；悲伤时吼一段秦腔，草木为之动容，江河为之倒流；烦闷时吼一段秦腔，浊气荡然无存，心胸豁然开朗。听着秦腔一声声吼，我们看见了关中大道上尘土飞扬，我们听见了咸阳牛拉鼓惊天狂响，我们想到了西安古城墙的宽厚雄壮，我们感受到了秦兵马俑的威风浩荡……秦腔连着秦人的心、秦人的魂，秦人自古就是大气磅礴，义薄云天，深厚的底气造就了秦腔的粗犷豪放、高昂激扬的特色。秦腔不但体现秦人的粗犷，而且突出秦人的铁胆直肠。

秦腔一声吼，令懦弱者回肠荡气、令刚强者荡气回肠，这就是我们不唱吼起来的秦腔。

辣子一道菜

寻根

> 八百里秦川尘土飞扬，
> 三千万儿女齐吼秦腔。
> 端一碗燃面喜气洋洋，
> 没油泼辣子嘟嘟囔囔。

　　这句顺口溜暴露了陕西人的一个软肋，吃饭没有辣子是绝对不行的。吃面条必需调油泼辣子，吃米饭少了青椒怎行？吃馒头即使没有油泼辣子可夹，那也得切一碟线线辣子就上；实在不行，拿两只生辣子，掰掉辣子尖儿，灌点盐进去，一手馒头一手辣子也蛮爽口的。这就是陕西人吃辣子的愣劲儿。

　　"辣子一道菜"。对于外地人，觉得稀罕，而在陕西见怪不怪。在艰苦的岁月里，陕西人的饭桌上也少不了辣子，这道菜做法很简易，把绿辣子切成丝调上盐和醋就成，稀饭和馒头全靠它做伴，辣子都是自家种的，吃饭时摘几只就是一道菜。有条件了，把青椒丝和西红柿炒熟就馒头特香，这道菜可是几种维生素的集体亮相，香甜酸辣美极了,由此可见陕西人对辣子的依赖程度。

陕西人何以如此钟情辣子呢?陕西地处黄土高原地带,常年有西北风侵扰,为驱寒防冷,辣椒就成为一种极好的食品。它有辛热、御寒、健胃等功能,所以吃辣椒就成为陕西人的一大嗜好。上述是从物质层面对"辣子一道菜"的解释;而陕西人在精神领域对辣子的需求世代成瘾,比如,一碗面条或者一碗搅团,没有红油油的辣子会使人的食欲大大降低,甚至难以下咽抑或如同嚼蜡,这就是视觉影响了味觉,意识指导行为。

"油泼辣子 biangbiang 面",给个县长都不换。油泼辣子是陕西人精神的燃料、力量的源泉、灵魂的彩幡。辣子的味道就是陕西人的脾气和性格,直爽热情,干脆麻利,初接触你可能受不了,日久,你就会喜欢,就会热爱,就会恋恋不舍甚至于依赖。这就是辣子的魅力,陕西人的魅力。

碗盆分不开

　　"碗盆分不开"也是"陕西八大怪"之一,它和"房子半边盖"常被人们互换着,今天"碗盆分不开"又被画家王兴科换回了八大怪之列。通常情况下,人们会认为"碗盆分不开"这句话有问题,盆是盆,碗是碗,一大一小,怎么能分不开呢?怪事吗!他们的质疑可以理解,那是他们没有关中农村生活的经历,对关中民间生活与文化不了解。

　　大凡陕西人应该知道"陕西八大怪"的,尤其是"碗盆分不开"。这碗到底有多大?可能只有 70 后往上的人基本都见过用过,那是一只黑白釉相间或黄绿釉混染的粗瓷大碗,它产自陕西耀州,所以,后者被人们称为"黄耀子"。这碗的口径有一尺大,比有的家用盆盆还要大许多,陕西人把这碗叫"老碗"或"海碗",意思是大的太太了。

　　至于陕西人为何习惯于端这么大的碗吃饭,不嫌沉吗?若有机会和兴趣,不妨深入到农村生活一段时间,你就找到答案的。农村人吃饭喜欢聚在一起热闹,边聊边吃,俗称"老碗会",人们为了免去来回盛饭的麻烦,就用大老碗盛上满满一碗,煎煎火火,踏踏实实地咥咥饱好,又不耽搁谝闲传。还有一个原因,就是农人们在农忙时节,为了节省时间,午饭是不回家吃的,由主妇做好送到田间地头来,一人一老碗咥饱,不用再次回家去盛。如此理由,足以解释这"碗盆分不开"之怪现象了。

这老碗打眼一瞅,有点愣头愣脑。但是,骨子里却透着一种朴实和憨厚劲儿,就像关中人的秉性一样。时至今日,这比盆大的老碗已经很少见到了,它逐渐地退出了餐具行列,成了古董和传说。

寻根

房子半边盖

　　思来想去,"房子半边盖"这一怪不能排除在"陕西八大怪"之外。在冯西海和王永杰二君书画展的开幕式上,我见到了画家王兴科,向他陈述了我的观点,他认为也是,第二天他就画好了"房子半边盖",并把图片发给了我。看着这幅充满生活气息的彩墨画,我思绪的影像开始倒带——三十年前的村庄渐渐清晰于我的脑海,清一色的土木结构的房屋星罗棋布。安间(人字形大房)和厢房(半边盖的厦子房)是村庄建筑物的主体。说实话,农村生活三十年,我还没住过半边盖的厢房,尽管我家也有几间这样的房子,但都用于厨房和库房,所以也不知道住进这样的房子是什么感觉? 有什么好处?

　　"房子半边盖"意为把房子建造在院子的半边,非左即右,儿子多的人家则是左右都建,一边两三间。在我的印象里,家境富裕者,除了两边的厢房,而且前有街房,后有安间,安间为主房,是一家之主居住,街房多为库房和厨房,两边厢房则住着儿子们,整个院子形成"四水归堂式",紧凑阔绰,严实周正。而家境贫寒者,最多也就三四间厢房,院子宽了,左右各两间,叫"二龙出水"式;院子窄了,一溜儿排开三间,叫"一头沉"。无论是"四水归堂"还是"二龙出水"抑或"一头沉",都有一个共同的特点,一旦下雨,雨水当然流向自家院子,这正合了陕西人"肥水不流外人田"的传统理念。半边盖的厢房除了水不外流的特点,更重要的是它造价低又避风,还不会被外人窥见屋里情况,住着自然是安静干爽舒适的。这对一般家庭来说可是一举数得,经济适用。

"房子半边盖"已成为陕西的民俗文化符号之一,它是陕西人保守思想和小农意识以及实用主义的标签。随着时代的进步,经济的发展,科学的普及,文化的提升,住宅格局的演变,这种陕西农村独有的一撇式厢房(厦子房)越来越少见了。

它将成为陕西人怀旧的焦点之一,不朽的话题。

寻根

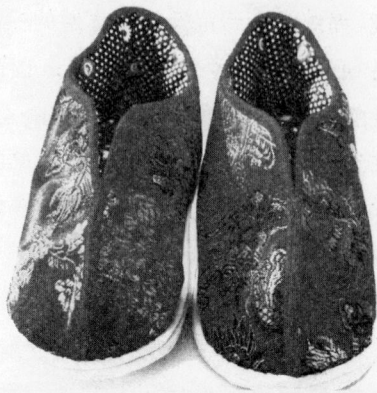

棉窝窝

寻
根

　　棉窝窝,多么温暖的名词,很容易让人想起母亲的三个字。

　　棉窝窝,顾名思义就是棉布包了棉花做成的窝,这窝是为脚御寒而做的,有模有样,有底有帮,既实用还可供观赏。

　　棉窝窝,一双普普通通的手工棉鞋,容聚着母亲千针万线注入的暖流,让一个个冰天雪地的寒冬不再狰狞。

　　棉窝窝,20世纪的人们共同的记忆,它就像一对牢固而温馨的小舟,载着我们从初冬渡向早春。

　　棉窝窝,不知是哪位先人于哪年哪月发明的,应该与棉花的历史同龄。棉窝窝的形状随地域而变,有鼻梁的没鼻梁的,高腰的低腰的,系带的不系带的等等。我们关中地区的棉窝窝的基本形状是鞋面中间一道梁,这道梁即是两半鞋面的合缝,前坡后桶,圆头圆腰,不分左右,舒适暖和,样子俏皮也憨厚,既有小汽车流畅的曲线,亦有大熊掌粗犷的力度,我不得不佩服农村妇女灵巧的手艺和精细的匠心。

　　从打褙子到剪鞋样,从纳鞋底到做鞋帮,从装棉花到染口子,从绱鞋底到楦鞋型，道道工序，环环紧扣，母亲细腻的手工，不苟的态度，绵绵的情感汇聚在这普通的棉窝窝上。小时候我总觉得这种棉鞋很笨、很丑，不管你是一个多伶俐的女孩，一穿上它就变得窝窝囊囊；不管你是多机灵的小伙，一蹬上它，就会变得畏畏缩缩。隔着时空回头一望，我才觉出这种棉鞋的可爱，透出一股质朴的、独一无二的天然美，因为那柔柔的棉里燃烧着母亲火热的心，密密的线上传导着母亲长长的爱，背负着我们走千里行万里。就那一对憨憨、朴实的棉窝窝，人人都能讲出一段关于它的故事来。

寻根

虎头枕

虎头枕，布老虎中的一种。

布老虎，中国布制玩具的代表。它品种繁多，流传广泛，是一种极具乡土气息的民间工艺品。在中国人心里，老虎是驱邪避灾、平安吉祥的象征，而且还能保护财富。布老虎的最早形状已无从考究，但它的出现都是与我国民间所流传的某些习俗紧密相连的。

虎头枕是中国民间布艺与刺绣融为一体的一种手工艺品。做法基本和做枕头相似，枕形仿照传统虎的形状。这些枕头缝制精细，纹饰、造型别致。虎头枕分为双头虎、人面头虎、虎头鱼尾等，寓意吉祥平安，一般是小孩来用。睡觉时小孩可以把它当作枕头，醒来时可以当作玩具。虎为"百兽之王"，民间常以虎来作为孩子的伴生物，除具驱邪镇定作用外，还有祝福孩子虎头虎脑，虎虎有生气之意。小孩满月时，姑姑、姨姨要给娃娃送虎头鞋、虎头帽、虎头枕、肚兜、布老虎，为孩子消灭灾难，保佑孩子长命百岁。

杨凌作家董秦子的儿子名叫虎童，小虎童有一只虎头枕，那是用黄布包皮，手工缝制，扭曲了老虎原形，把其身躯和尾巴都大幅度地收缩了，四肢也极度地简化了。然而，老虎的主要特征却丝毫没有忽略，而且，虎头更给予着意的刻画。它那又圆又大的眼睛和龇牙咧嘴的形态，都被明显地夸张。形象夸张之外，老虎的神态夸张得更为准确生动。正像我国传统艺术追求的那样，"不肖形似，而求神似"。这种老虎形象，把现实中的虎和幻想中理想化了的虎交融在一起，具有人的性格，满含人的感情，因此显得格外可爱迷人，憨态可掬。这些俗雅并存的艺术品出自虎童奶奶之手，这只虎头枕是老人家又一件勤劳智慧的结晶。

相传在很久很久以前，在一座风景秀丽的山上长满了桃树，看管这片桃林的是兄弟俩，名叫神荼和郁垒，两人力大无比，技艺高强。为了管好这片桃林，兄弟俩驯服了山上的虎群，命令它们守卫着桃林。通过兄弟俩的辛勤劳动，桃树长得枝繁叶茂，眼看着就要迎来丰收的一年。桃子即将成熟的消息引来了一群恶鬼，它们冲上山来，企图用武力抢夺兄弟俩的劳动果实。他俩指挥着群虎与群鬼拼杀在一起，哥哥用桃木棍将鬼击倒，弟弟用苇绳将鬼绑住。打翻一个，捆住一个；捆住一个，虎便吃掉一个！不一会儿就消灭了大部分的恶鬼，剩下的恶鬼见势不妙，狼狈逃去。战斗胜利了，神荼、郁垒的名字传遍了人间。后来世人便将神荼、郁垒尊为门神，老虎的名气也随之大振，成为百兽之王、恶鬼的克星。后人为了禳灾辟邪，便把老虎的形象融入日常生活之中，尤其是儿童用品。

在科技与网络发达的今天和明天，人们依旧还会继续喜爱手工缝制的虎头枕，作为馈赠礼品。小小虎头枕，不仅体现着中国妇女特有的心灵手巧和聪明才智，更多的则是老一辈对新一代的期望与祝福，一针针、一线线地将满腔的爱意缝入其中。

寻根

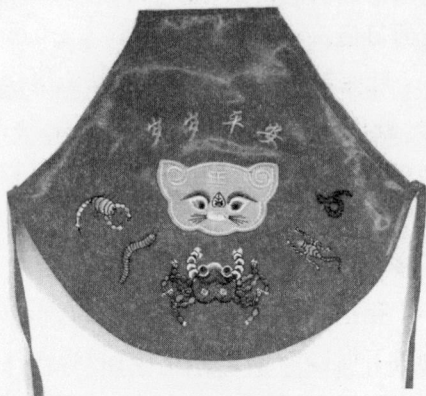

小肚兜

肚兜肚兜

女娲和伏羲用它遮羞

贵妃和禄山拿它遮丑

肚兜肚兜

外婆绣上五毒虫

娃娃穿上免灾病

肚兜又名裹肚、搂兜、兜兜。先秦称"膺",我想应该取抗击之意吧。汉时谓之"抱腹",就是护腹。流行于魏晋南北朝。民间认为肚兜起于汉时,盛行于唐宋。小肚兜一般用红布制作,大小是刚能护住孩子的肚腹。上方有带子系于脖上,左右带子捆在腰间。每年端阳节,由外婆给外孙送肚兜,这种风俗在我国广大农村普遍流行。多数是给小肚兜上绣有蟾蜍、蝎子、蜈蚣、壁虎、蛇的图案,又叫作"五毒肚兜"。戴上这种小肚兜既护腹,还能辟邪气、除毒害,所以陕西临潼、长安、宝鸡、咸阳一带的许多农家,每年端阳节都有由外婆安排精心绣作"五毒肚兜",送给她心爱的外孙和外孙女儿的习俗。

肚兜看似简单可造型却讲究,依据小孩的身形设计,可贴亦可绣。肚兜开口式样多种。有正面开口,也有侧面开口;有狮子开口、蝙蝠开口、蝴蝶开口、莲藕开口、双鸟开口、如意开口等等。肚兜紧贴腹部而穿,御寒保暖,肚子受凉了,裹兜里可垫上艾叶等药物紧贴脐中,起保健治病作用。

肚兜上部为梯形,下部为弧形,在这特殊的空间内,手工艺者创造了很有特色的构图形式,上简下繁,上悬于高天,下植于大地,空间非常开阔,而中间的开口处,多为飞鸟蝙蝠飞翔,动感很强,左右对称,形成一个呼应的中心。肚兜流传于世2000多年,已由实用变为装饰,那些能做出精美肚兜的农村妇女摇身一变成为了民间手工艺术家,她们手把手相传,各显神通,普普通通的肚兜已经呈现出色彩不同,花样繁多,形状各异的精美手工布艺之气象。进入21世纪,小小肚兜由实用到装饰再度升级为欣赏和收藏。只在外婆与外孙之间传递的小礼物,今天却脱颖而出,成为受人追捧、赚取外汇的大宝贝。小裹肚又为中国制造增添了一项传统文化元素。

寻根

红盖头

寻
根

掀起你的盖头来
让我看看你的脸
……

　　这么直白而又浪漫的语言,肯定是外族的文化习惯,深受儒家文化影响的汉族不会如此开门见山。这是西部歌王王洛宾在新疆采风时,根据新疆民歌创作的一首广为流传,经久不衰的流行歌曲。从第一句"掀起你的盖头来"我们就可以断定,盖头并非汉族独有的生活道具。盖头者,盖在新娘子头上的红布。那么,新娘子头上为何要盖红布?这种新婚习俗又源自何时?谁人的发明呢?

　　唐朝李冗的《独异志》给了我们一个答案,在宇宙初开的时候,天下只有女娲和伏羲兄妹二人。为了繁衍人类,兄妹俩商议,要配为夫妻。但他俩又觉得害羞。于是兄妹俩上到山顶,向天祷告:"天若同意我兄妹二人为夫妻,就让空中的几个云团聚合起来;若不让,就叫它们散开吧。"话一落音,那几个云团冉冉近移,终于聚合为一。于是，女娲就与伏羲成婚了。女娲为了遮盖羞颜，乃结草为扇以障其面。扇与苦同音。苦者，盖也。而以扇遮面，终不如丝织物轻柔、简便、美观。因此，执扇遮面就逐渐被盖头蒙头代替了，这是野史对盖头的诠释。

而正史史料也给了我们一个答案：最早的盖头约出现在南北朝时的齐代，当时是妇女避风御寒使用的，只仅仅盖住头顶。到唐朝初期，便演变成一种从头披到肩的帷帽，用以遮羞。据传说唐朝开元天宝年间，满怀文艺情结的唐明皇为了标新立异，有意突破旧习，指令宫女以"透额罗"罩头，也就是在帷帽上再盖一块薄纱遮住面额，作为一种装饰物，这就给帷帽赋予了浪漫的色彩。从后晋到元朝，盖头在民间流行不废，并成为新娘不可缺少的喜庆装饰。为了表示喜庆，新娘的盖头都选用象征吉祥的大红色。直到 20 世纪初，红盖头已不再是南北朝时期的一块红布，而是绣上了金色喜字或吉祥图案的大红绸缎的精致手工艺品。

一顶红盖头，千百年来大小婚礼的见证者和主要道具。演绎着轿内女子的纠结与心跳，华堂新娘的神秘与矜持，洞房媳妇的羞涩与甜蜜。演绎了中华婚礼文化从含蓄走向了直白的千年故事。

寻根

盘花扣

　　董秦子写了一篇讲述他母亲制作盘花扣的散文,感情真挚,文笔精美。此文勾起了我对盘花扣的追溯。其实我对盘花扣熟视却无知,有关盘花扣的历史延续、存在价值、工艺特点,我只能从老辈人的讲述与演示,史料与实物来加强印象和认识。

　　盘花扣即盘扣、盘纽、纽子,是随着满族服饰而兴起的,可称得上是中国传统的一个符号。盘花扣是古老中国结的一种,是中国人对服装认识演变的缩影。盘花扣因用布条盘织成各种花样而称为盘花。盘花的题材都选取具有浓郁民族情趣和吉祥意义的图案。盘花扣的花式种类丰富,有模仿动植物的菊花扣、梅花扣、金鱼扣、蝴蝶扣,盘结成文字的吉字扣、寿字扣、字扣,也有几何图形的一字扣、波形扣、三角形扣等。盘花分裂两边,有对称的,有不对称的,组成一幅完整精巧的图案,实用又可观。在中国服饰的演化中,盘花扣的作用也在逐渐改变,它不仅仅有连接衣襟的功能,更称为装饰服装的点睛之笔,生动地表现着服饰重意蕴、重内涵、重主题的装饰趣味。

精巧玲珑、千变万化、色彩纷呈的盘花扣,仅缘于一根彩带的编织,是生存的智慧,更是生活的艺术。

小巧玲珑、精致美观、虚实兼顾的盘花扣,氤氲着含蓄和典雅,洋溢着浪漫和娇俏,于端丽之中见美感,于古雅之中见清纯。

盘花扣凝聚浓郁的民俗气息,是中国服饰演变的缩影和中国服饰艺术的展现,也是中华民族经过长期的劳动实践与生活积累所形成的传统民间手工艺术,更是机器永远无法替代的人工之巧。

1800 年前,纽扣诞生在古老的中国,最初的纽扣主要是以石、木、贝壳为材料,纺织品出现后,布料就成为纽扣的主要材料,纽扣在此时已进化为盘结纽扣。如今,盘花扣已由最初的服装功能扣件向服装装饰过渡,直到今天的手工艺品。我曾亲眼看见了董秦子的母亲是怎样把布料缝成细条,灵巧的手指如何把布条盘结成各种形状的花式纽扣的,其过程令我惊叹不已,给了我一次回归自然的真切享受。我进一步领略了中式盘花扣的造型之优美,做工之精巧,宛如千姿百态的工艺品,可以说盘花扣就是我国服饰百花园中独树一帜的奇葩。

寻根

虎头帽

　　董秦子看了我发在微信圈里的布语系列，短信邀我去他家，给我看一件古董。我迫不及待地奔到了杨凌，他带我去他老家，他的老母亲从卧室里拿出一个小包袱解开来，我定睛看着一件旧衣物呈现眼前。等老人摊开衣物，我双眼一亮，不由呼出声来：虎头雪子（披风）！也就是儿童披风或斗篷。老人家说这是她小时候披过的，秦子他们也披过。我听了很惊讶，近前几步要看个究竟，没有老人发话，就是不敢用手去摸，心里思忖着这披风最少有 70 多年了，至于在老人家前边还有没有人用过，老人家说她也不知道。老人家说你摸摸这料子还这么软和光滑，我仔细地摸着看着，红花缎子面，灰洋布里子，白毛耳边、帽边、眼睫毛、虎须，大大的一双虎眼、一张虎嘴，额头上绣着一个黄色的"王"字，整张面目夸张威风。这件虎头雪子（披风）虽然陈旧，可做工还算精细考究，可见当年老人家祖上对子女的疼爱程度。我小时候也穿过虎头雪子（披风），做工却很一般，充其量只是为了御寒遮风防尘而已。

　　自古至今，儿童披风的帽子大都做成虎头状，虎头帽则是披风的一部分,多时是独立成件的。当然,虎头帽作为帽子在我国由来已久,它是一种民间插花刺绣手工制作的工艺用品。它源远流长,已有六七百年的历史了。

以老虎为形象的虎头帽,是汉族民间儿童服饰中比较典型的一种童帽样式。它与虎头鞋、虎围嘴、虎面肚兜等成为儿童服装中重要的组成部分,具有鲜明的特色,这些以虎为形象的儿童服饰寓意深远,颇受中国传统虎文化因素的影响。我国古代把处理军机事物的地方叫作"白虎堂",把将帅的营帐称为虎帐,"柳林春试马,虎帐夜谈兵"成为古代军营生活的写照。

早期虎头帽是军人头盔的一种,而后又成了儿童帽子的一种,这其中的变迁也颇有意味。近代学者多有提及者,但他们的描述又不那么详细,而虎头帽作为一种濒临失传的民间艺术,却越来越多地出现在民俗故事和小说中,被赋予了一层神秘的光环。

虎头帽是我国民间流行的一种既实用又美观的传统手工艺术品,是祖母、母亲为孩子精心缝制的帽子。冬日寒冷,一顶虎头帽戴在孩子的头上,既挡风避寒,又显得威武阳刚,还可以驱邪辟灾,去病禳祸,是祖母绵绵的祝福,是母亲爱心的体现。虎头帽的造型夸张,活泼可爱,深受孩子们喜爱。虎头帽的色彩鲜艳,画面生动,易让人们产生兴趣。

虎头帽多采用彩色绸缎制作,镶有花边或皮毛边。无帽盖有帽檐。有的有护耳和披风,有的则没有。以布贴或刺绣老虎五官,粗眉,大眼,阔口,皆以红黄蓝绿鲜艳色为主,以墨白金银线点缀。帽顶两旁有粗短的虎耳朵,彩色绸缎镶了帽檐,或缀上银质小铃铛,活泼稚气。各地制作的大同小异,各有特色。

打开相关资料,琳琅满目虎头帽简直令人眼花缭乱,虎虎生机壮我心怀,铮铮朗骨挺我腰杆,晦气霉气病气郁结之气统统被阳刚之气驱散,这就是虎头帽对我产生的强烈的心理作用。再看那些精

寻根

密的针线绣成的图案,虽然陈旧,但质感优美,仍然完整,蓝色的愈显沉稳,红色的更见庄严,黄色的不失高贵,褐色的越发本真,黑色的不改神秘……夸张的虎眼和虎口使得百年布艺生机勃勃。这些与世隔绝、土得掉渣的虎头帽,与现代人的生活早已格格不入,可它却备受世界热爱文化与收藏人群的追捧。这将使它不会面临消失的命运,幸哉,布老虎! 幸哉,虎头帽!!

寻
根

戴春鸡

鸡鸹干一词儿使我突然想起了戴春鸡。四十多年了，我早把春鸡这玩意儿忘得一干二净，毕竟它不像布老虎那样无处不在，名气远大，它只在立春时节露个彩头，所以很难让人铭记。

鸡鸹干，此干乃十天干之首甲乙二干也，甲乙二干为四季之首，四季之首春阳复苏，冰消水活，树木生发，百虫出洞，鸡儿鸹干食物丰。这是我对鸡鸹干杜撰来的物理推解。

在此文草稿发到网上后，邻居许二龙跟帖，提出异议，说是鸡鸹干的"干"应为"疳"。陕甘两地皆有此俗。我查了字典，疳者为疳积也，是一种病。那就是说，春鸡鸹的是病，乃去病之意。我想起儿时左衣袖上的春鸡头前，还缝有一叠小圆形的布片片儿，这小圆布片就象征疳积，专供春鸡歼灭的，我认为这种解释更符合现实些。

其实，鸡鸹疳只不过是一件手工布艺，出自农村妇女之手，一只戴在小孩子衣袖上的雄赳赳、精巧巧的小春鸡而已。记得儿时，临近除夕，家有小孩的农家婆媳，便从针线笸篮里翻捡出平日裁袄做裤剪剩下的花布头儿，开始缝制春鸡。在立春这天把春鸡儿戴在孩子的帽子、衣袖上,这是老辈子留下来的传统风俗。为什么在立春这天戴春鸡儿呢?据老辈人说,"鸡"和"吉"同音,取个吉祥之意。其次,立春为二十四节气之首,在立春这天开始戴,也象征孩子从小开始便"吉"星高照了。再者,民俗上有鸡能食五毒之说,给小孩子们佩戴春鸡也有驱邪禳灾之意。还有另外一种说法,过去农村贫穷,一到春天,就出现粮荒,断炊的、讨饭的并不鲜见,农人穷怕了,让孩子在立春这天戴上春鸡儿,期盼将来能过上不愁吃穿的好日子,从此不再遭受鸡(饥)荒之苦。春鸡通常都是用针线固定在帽子上或者衣袖上,一般来说,立春这一天,小孩子的身上带的春鸡越多,说明孩子受到的祝福也就越多。

寻根

我好像是10岁以后就再也没戴过春鸡。依稀记得母亲一直把春鸡缝在我的左边衣袖上,要戴一个正月,正月三十晚上燎花花时,把春鸡揪下来扔到火里,这样可以让火将我身上与屋里的霉气、邪气统统冲掉、烧光。燎花花是关中地区的民俗,被寄寓消除病灾,预卜五谷丰歉之意。

如今,儿童戴春鸡的习俗几乎消失了,只是在那些受现代文化影响小的偏远乡村还多多少少地存在着。但愿这些天然的传统文化博物馆别再遭遇开发拆迁的厄运!让中国古老而美好的民间故事永不褪色!

香包

寻
根

由虎头枕、春鸡引发的民俗文化情节再次缠绕了我,怀旧的思绪就像鱼线在江湖里延伸,香包这个名词闪上了我的钓钩。香包,一种用彩色布头拼接,包裹了中药和香料的小饰品,自古以来曾屡次更名,从香袋、香囊到香缨、佩帏,再到今天的荷包、耍货子、绌绌等。它是古代中国劳动妇女创造的一种民间刺绣工艺品,是以男耕女织为标志的古代中国农耕文化的产物,是越千年而余绪未泯的中国传统文化的遗存和再生。

翻阅《诗经》,里边的一些篇章里已有描述,说明香包早在约3000年前就有了。屈原《离骚》中有"扈江篱与辟芷兮,纫秋兰以为佩"。意思是把装满香草的佩帏带在身上。这说明香包早在屈子所处的战国时代已是一种饰物了。在所有的端午的习俗中,最富于静态美和温馨气息的莫过于制作和佩戴香包了。以往由于医药不发达,人们就把具有杀菌作用的雄黄、艾草、菖蒲研成粉末,用布包起来戴在胸前,利用它散发出来的香气使得虫菌不来侵扰,这就是香包的起源。

戴香包是有讲究的,老年人为了防病健身,喜欢戴梅花、菊花、桃子、苹果、荷花、娃娃骑鱼、娃娃抱公鸡、双莲并蒂等形状的,象征着鸟语花香,万事如意,夫妻恩爱,家庭和睦。小孩喜欢的是飞禽走兽类的,如虎、豹、猴子上竿、斗鸡赶免等。青年人戴香包最讲究,如果是热恋中的情人,那多情的姑娘很早就要精心制作一二枚别致的香包,赶在节前送给自己的情郎。小伙子戴着心上人送给的香包,自然要引起周围男女的评论,直夸小伙的对象心灵手巧。

翻开这一层层厚重的文化积淀,面对这一幅幅多彩的生活画卷,展示在我们面前的尽都是古朴而又拙巧、原始而又鲜活的艺术瑰宝。其实,这才是揭示人性欲望的艺术;表达思想信仰的艺术,展示生命活力的艺术。可以说是真正的民族文化、民俗文化、大众文化、人性文化。这种温馨的习俗,在现代就比较少见了。一来因为如今医药发达,靠香包祛邪避毒的功能已经消失,再则是经济社会,人们的生活步调紧张,职业妇女也越来越多,她们无暇研究女红手艺,因此每年端午节前后,就会有大量的香包在市面上出售,虽然图案也绣得相当漂亮,但不免有些匠气,而且采用的香料大多是化学物质,不但香味无法持久甚至携带有副作用,更重要的是由于大量制造,已经失去了传统香包为人们生活带来的情趣和其中的温馨。

传统在民间,传统文化亦在民间。近几年来,党和政府视传统文化为大文化!中华文化起根发苗于传统的民族文化,毋庸置疑,传统就是一个民族文化的根。

寻根

烟荷包

　　前日,藏界友人带我去古玩市场溜达,无意间发现一个杂类摊上,有一只小花布包很是惹眼,就蹲下身端详起来。摊主说那是烟荷包,晚清的。友人也蹲下来,伸手捏起烟荷包,我们仔细欣赏起来。这烟荷包着实精致,红底黄花的绸子包面,一圈的羊皮包边儿,咖色丝绦束口绳,绳头拴着一件老玉锁。嗨,好玩意儿!朋友赞不绝口。我可是首次在古玩市场见到如此精致的烟荷包,脑子里开始挖掘,努力地搜寻我父辈祖辈烟袋锅上吊挂的烟荷包,好像都没有工艺性可言,仅仅实用而已。就思忖这烟荷包属不属于手工布艺?它何年何月才有的呢?它与文化有关联吗?

　　查阅相关资料得知,烟荷包出现于明代,在明、清时期烟荷包多为母为子做,妻为夫做,以在分离时表达相思之情。它也是少女赠予意中人的定情信物,那小小的烟荷包蕴含了少女对爱情的无限向往和憧憬。故而,烟荷包极具观赏性、实用性,并常与烟杆一起被主人携带于身,与主人形影不离。

　　烟荷包因地域的不同,其工艺也有别,葫芦、元宝、鸡心、宫灯、动物、花卉是常见的形状，不拘一格，风格多样。但共同的特点是分为有盖与无盖的两种。无盖烟荷包穿绳后可束腰及收口，使烟丝不至散落和受潮。通常有盖的工艺比无盖的烦琐，其鉴藏价值亦高于无盖的。有些烟荷包还配以玉坠或流苏，古人将之系悬于旱烟杆下或腰际，一步三摇，更显悠闲自得，气派十足。

记得我多年前听藏界一位前辈讲过烟荷包的特点，说是绣有牡丹花的烟荷包是赠朋友的，象征友谊之花常开；绣寿桃的烟荷包是专为父母祝寿所做，祝愿父母健康长寿；而绣着山柞花的则专为婆婆所做，意为服侍公婆到老；绣上双喜花的那是专为订婚、结婚时佩戴，取意双喜临门；绣有山花的是送给过本命年的亲友，意为山高花美，长命百岁。这里就有了文化，荷包文化。大凡民族手工制品，历史悠久了自然就会被赋予深厚的文化内涵。件件都不乏短短长长，苦苦乐乐的故事，由盛到衰，数百年百十年，使得平平常常的一件东西，由实用转而成为可观赏的艺术品、可把玩的收藏品。

近年来，在古玩收藏品市场，这种传承着中华民族刺绣工艺的烟荷包已日趋稀少，尤其是带盖的烟荷包更难逢其面。故其身价亦达数百元之多，有盖的精品烟荷包已冲破了千元大关，并受到越来越多的国内工薪收藏族和海外收藏人士的青睐。沉寂了百年的烟荷包再度优哉游哉，闲散傲慢地回归世人发烫的视线里。

寻根

虎头鞋

我有孙子了。董秦子将这喜讯告诉了他母亲，老人家也欣喜，爱心爱意地做了三双兽头鞋送我们，以作贺礼。我和家人非常喜欢，翻来覆去地欣赏、把玩，其中那双虎头鞋最是可爱，就像想着小孙孙穿上它时虎势赳赳的样子。

众所周知，虎在民间那可是一种吉祥物，在童鞋的鞋前脸儿和鞋帮上绣制虎或虎头图案，是希望孩子长得虎头虎脑，凶猛的虎头还可驱鬼辟邪，保护孩子没病没灾。相传黄河岸边有个姓石的船工，他乐于助人，为两岸人摆渡过河从不要钱。有天，一位老奶奶冒雨过河请人为即将临产的儿媳妇接生。谁知她刚走到河边．风一刮，雨一淋，头像炸开似的疼痛。姓石的船工看见了，将老奶奶搀到屋里休息，自己替老奶奶去请接生婆。雨过天晴，老奶奶的儿媳生了一个大胖小子。老奶奶千恩万谢，送了一张画给船工。画上画的是一个正在绣虎头鞋的俊俏姑娘，船工看了很喜欢，就将画贴到了自己的茅草屋里。从那以后，船工收船回到家里，总有一位漂亮的姑娘做好饭菜等他。原来，姑娘是天帝的女儿，天帝派她下凡与船工结为夫妻。过了几年,他们添了儿子,取名石虎。几年过去了,人们都知道了船工娶画上的美女结为妻子的事。这天,县官来到渡口,见船工的妻子貌美,想霸占为妾。船工的妻子见县官起了歹意,便收了凡身,回到画上。县官抢走了画并把画贴在了床头。可是,不管县官怎样甜言蜜语,画上的美人就是不下来。小虎在家一直哭着要妈妈,送画的老奶奶告诉船工,让小虎的姑姑做双虎头鞋,小虎穿上它,就一定能够找到妈妈。按照老奶奶的嘱咐,小虎的姑姑连夜做好了虎头鞋。小虎穿上一试,身轻如燕,立刻向县衙飞去。见了县官,虎头鞋变成了老虎,咬死了县官,船工的妻子见小虎来救她,赶忙从画上跳下来,带着小虎高高兴兴地回家了。

寻根

人们认为虎头鞋能除恶魔保平安,因此都要给孩子做双虎头鞋穿。有些地区还讲究穿三双虎头鞋,并保留让姑姑做三双不同颜色的虎头鞋送侄儿的风俗。俗语有:"头双蓝(取谐音拦,即拦住不夭折),二双红(红能辟邪,可以免灾),三双紫落成(意即孩子在自家长大成人)。"有了蓝、红、紫三双不同颜色的虎头鞋,孩子必会安然无恙。

在农村,不会走或刚会走步的娃娃,春秋冬三季,都要穿连脚裤和虎头鞋。做穿虎头鞋能够成为习俗相沿,是因为它本身存在的实用价值、民俗学价值和审美价值。实用价值是不言而喻的,夹棉连脚裤都比较肥厚,需要比较宽大的鞋子和它配套,而虎头鞋正有这种特点,并且有保护裤脚和保暖的作用。关于民俗学价值,在群众的心目中,老虎体态雄壮,貌相威武,又有兽中之王的美称;一提及虎字,人们便自然产生威风和震慑一切之感。所以便有了虎啸、虎威、虎虎有生气等词汇,也有了虎崇拜。而孩子在由小到大的成长过程中,会遇到自然、社会各方面灾病和意外的侵扰,需要克服和抵御。人们不仅希望孩子健康成长,而且希望长得虎头虎脑,虎虎实实,有虎一样的内在气质与外在体魄。人们这种愿望的重要表达方式，便是在鞋前脸儿和鞋帮上绣制虎或虎头图案。换言之，就是借用虎或虎头图案来达到辟祛一切邪祟，增加孩子虎气的目的。正因为如此，所以，孩子的母亲、外婆、姨母、姑母等亲人，都要给孩子做或送虎头鞋，从而形成习俗。善于女红的关中妇女，制作虎头鞋更能体现她们精湛的手艺，也成为她们致富的方式和途径。

在 20 世纪中期，说起虎头鞋可谓无人不知，然而，随着时代的变迁，曾经是每家小孩必备品的虎头鞋却渐渐被大众遗忘。

那么谁来护卫积淀数千年而摇摇欲坠的优秀传统文化呢？我认为，还得依靠那些矢志不渝捍卫中华民族积淀数千年的优秀传统文化与道德之道的卫道士们，我希望自己也能成为他们中的一员。

寻根

年馍

寻根

腊月二十三，祭灶过小年。

小年之后，大年的气氛一天比一天浓，就在这浓浓的年气里，我们全家动手开始扫房子，扫完屋子第二天（腊月二十六）就由母亲领衔，姐姐协助蒸年馍。

打扫一新的厨房里，母亲揭开青灰色鼓腹的陶质面瓮，一马勺一马勺地舀出雪白的麦面，倒进黑釉黄口的大瓷盆里，然后一边添水一边搅和，当水与面的比例恰到好处时，母亲开始用心用力地和面，这是蒸年馍最关键也是最费劲的一个环节。和面需要力气还需要技巧，这就是考验一家主妇的灶上功夫和面案技术娴熟与否。匀称、劲道、细腻的面团揉成型后，案板和面盆依然干干净净，这是我母亲做饭的习惯，奶奶就此给我母亲一个"利索媳妇"的雅号。而我关心的不是这些，我耐心等待的是母亲精心制作花馍的过程以及花馍出锅后那浓厚的甜味与香味，那是我一年最隆重的日子，比除夕晚上放鞭炮都要隆重。

面醒好了，母亲和姐姐开始做馍馍，我受命烧锅。姐姐的任务是全馒头,母亲则清洗做花馍的木梳、剪刀、镊子、毛笔等工具,然后把洗净的大红枣、核桃、黑豆、红豆和吃色(可食用的颜料)等材料摆放好。这一系列动作俨然一位民间艺术家在进行着创作前的准备,神态是庄严的,在做这些工作时,母亲的脑子里已经勾画出了各种花馍的图样。动手制作是在胸有成竹的情况下,揉面团,全面团,捏坯子,造型,剪刀剪出鱼鳞、木梳压出猫唇,大枣镶成虎目,红豆点出兔眼,花鸟插满糕盘,春天呈现眼前。母亲在此时此刻摇身一变,成了令我崇敬的雕塑大师!整整一个中午,母亲伏案制作,全神贯注在一年最美好的事物之中,她要让亲戚们啧啧称赞,她要让左邻右舍钦佩慨叹,这手艺来自母亲的母亲手把手地传授,将来,又会由她手把手地教会她的女儿。可她们根本不知道这也是一门独特的艺术,没有教材,没有课堂,没有专门的老师,只有母女间传承的民间手工艺术——面塑。

寻根

花馍

寻
根

面塑是对所有种类花馍的统称。

花馍又分节日花馍和过事花馍,我们关中人也称其为礼馍。节日花馍当属春节花馍最讲究,春节花馍因地域不同,其形式也各异,陕西关中过春节多做枣花糕、兔儿馍、猫儿馍、鱼儿馍……寓意多子多福年年高,粮丰财满岁岁余。母亲曾告诉过我,别小看这做花馍,可是一村一堡女红们比巧手的方法之一,谁家媳妇能行不能行,就在这儿亮相呢。做花馍的工具都是家庭妇女手边常用的剪刀、木梳等,关键是一双巧手。而和面、蒸馍的程度与火候都有讲究,只有那些技术高超的家庭妇女才能蒸出形状好、不变形的花馍。据我数十年的观察和体验,花馍的制作工艺十分复杂,任何一个环节上出了问题,都会严重影响花馍的质量。首先磨面要选用上好的小麦,讲究"隔年麦子头箩面"。然后用清水淘净,把湿麦装在口袋里窝几天,让干麦均匀地吸收一点水分,倒出来再细细地拣一遍,才能上磨,出面只取头箩二箩白面。和面也是做花馍的一个关键环节,酵大了,馍蒸出来便会裂口;酵小了,没棱没角,蒸出来的形象也不丰满。而这些，没有测量标准，全凭经验去掌控。

近年来，我在不同的场所观看过来自全国各地、形状各异的花馍，多是艺术层面的作品，距离实用性渐行渐远，乡村的消失，旧人退去新人出，传统的礼节随之淡化，这也是时代变迁的必然。每逢年节难免使我一次次的怀念母亲做的兔儿馍、鸟儿馍、鱼儿馍和猫儿馍，白白胖胖的着实诱惑人，这缘于那个年代物质的极度匮乏，只有过节时才能吃上纯麦面馍馍，其中也包含着我浓浓的怀旧心理与民俗文化情结。当年母亲做的花馍都是豆沙馅儿的，天然的面香和软糯的沙甜令我至今难忘，在意识里滋润着我少年的肠胃，养育着我青年的精神，刺激着我中年的味蕾，燃烧着我一生的思乡热情。

我突然意识到，这些心灵手巧的妇女制作花馍的过程，也是一种神圣的祭祀仪式，是作者对自然的心理膜拜，对植物，对动物，对天地。一招一式在揉捏掐弄中无不折射出人们的理想、愿望、情感。这种形式表达已超越了人们最基本的实用性功能的需求，从而上升到精神的意识、思维活动的心理状态的表述。今天，花馍已将人生的功利需求转化为审美形式的典型反映，从而使这一物化形式彰显出朴素、粗犷、纯真、清新和自然真诚的审美特征与魅力。

形状各异，千姿百态的花馍，都有着各自的文化内涵和人文故事，它们的存在就是中华民族礼仪文化的延续，泱泱礼仪之邦，不容许礼仪文化被边缘化被删除！花馍，在 21 世纪，自然而然的由中华民族礼仪文化的载体，华丽转身为中华民族传统文化的奇葩。

寻根

艺术

说起花馍，自然会引起人追根溯源的兴趣。

那么花馍产生的历史背景又是怎样的呢？调查获知花馍起源于中国民间祭祀活动，即用面塑动物代替宰杀牛羊等动物的习俗。花馍的造型生动、夸张，制作精巧、细腻，在民间约有1000多年的历史，流传于黄河两岸的花馍，其文化底蕴更为深厚。

"有馍就有事，有事就有馍"。

从过事上讲：有红事花馍，白事花馍，各种节日花馍。生子满月时，娘家舅家就要送"圈圈子"（曲莲馍），其形如项圈，上饰各种花草图案，意思是要套住这小宝贝的生命，让他（她）得以健康成长，其功能相当于盛行于中国各地的长命锁，但这是可以吃的"长命锁"。待孩子满百日、周岁时，又要送"猫馍"，送"虎馍"，让猫、虎护卫着孩子，使病毒邪魔不得近身。在过去，天花、牛痘是中国农村威胁孩子生命的病魔，老百姓认为猫、虎之类的动物不会得天花，生牛痘。因此，千百年来，这些花馍制作的动物图形注入了祈求幸福的元素。

从寓意上讲:有贡奉花馍,有辟邪扬善花馍。供奉花馍多以大型的图案和飞禽走兽、水果蔬菜为主,龙凤呈祥和二龙戏珠就是代表作品。供奉花馍要求形状做工典雅优美、逼真生动。虎头馍和寿桃馍也应为辟邪扬善之意了。

从形式上讲:有动物、有植物、有人物、有传承着的各种敬仰物花馍等。尤其是动物花馍,简洁概括,神态各异。那稚气的眼神,憨态可掬的动势,令人爱不释手,显示出顽强的生命力,表达了人们对美好生活的期盼和向往。这种饱含淳朴乡土气息的造型意识和行为,虽然并非完全受纯粹的审美观念支配,但它呈现出的艺术化的形式却与上层文化中纯粹的精神性艺术有着异曲同工之妙。

从历史上看,民间美术是相对于宫廷美术、文人士大夫美术而言的;从现代来看,民间美术则是相对于专业美术而言的。它的创造者基本上是从事物质生产的劳动人民。民间美术存在于人民的日常生活、节日活动、祭祀活动。它很自然地反映劳动人民的思想、情感和美的观念,强烈地体现着民族性和地方性;它的创作和流传方式是集体的,既有传统性又有变异性;它就地取材,因材施艺;它与宗教、风俗有着密切的联系,但它不是迷信品;它在艺术创作上集壮美和朴素美于一体,常为专业美术家们所汲取。

花馍艺术的奇妙之处就是能够将普通的面食演绎成为美味佳肴、精神寄托于审美追求于一身的审美创造,成为富有浓郁乡土气息的民俗文化大餐。

寻根

曲莲

寻
根

五月单,送圈圈,

送来拥肚苫肚间。

花花绳戴在手腕腕,

香包包胸前挂串串。

雄黄药抹在屁股眼,

汤汤面香得打颤颤。

　　歌谣里说到的圈圈即关中民间的曲莲馍,陕西武功人也称其
为屈原馍。武功人吃、戴屈原馍并不是纪念屈原跳江而亡,而是为
了庆祝屈原跳江而亡。为什么呢?因为武功在战国时代是秦国的中
心地域,楚国是秦国最大的威胁,而屈原是楚国最主张抗秦的大
臣,用今天的话讲就是鹰派,他所制定的一系列政治策略对秦国非
常不利。所以秦国人一直担心屈原在楚国受到重用,好在楚王昏
庸,最后气得屈原跳了汨罗江,秦国解除了一大威胁。秦国人当时
站在本国立场上,自然要把屈原妖魔化。屈原死了,秦国人当然要

庆祝,他们把屈原做成各种形状的馍,戴在手上或脖子上,让孩子们吃掉,也就是把各种威胁到自己生命的不吉利的妖魔鬼怪都统统吃掉。

那么,曲莲馍为何非得要舅舅家给外甥们送呢?据说屈原死的时节正值关中小麦快要成熟的季节,当时秦国人也担心楚国来攻打,那样当年的小麦就难以收割,所以全国上下都很担心和害怕。这时,屈原死了,秦国人大喜。据说这消息是由一个武功人的舅舅从宫廷传出的,这位舅舅时在朝廷当官。因为这位武功籍的官人的姐姐和外甥一直特别担心楚国来攻打秦国,天天惊恐,时时害怕。所以他一知道屈原死的消息后,立即告诉了自己的母亲。他的母亲连夜做了许多当时秦国民间祭祀时才作的面花(花馍),又把外孙夏天的衣服拿上,第二天一早就送到女儿家,告诉他们屈原死了,威胁解除,可以安心地收麦子了。

后来大家都知道了这一好消息,就都争先恐后地给外甥家送曲莲馍报好消息,用现在的话来说就是报平安送吉祥。这种风俗当时就在武功及附近地区传开了,直至今天形成礼节。

寻根

花糕

在我的记忆里，花糕馍是娘家给女儿追节时特意制作的大礼馍。我曾见过一只直径30厘米，高3层的花糕馍被两个少年抬着来我们村走亲戚。我依稀记得正月初九，正月初六便是长辈给晚辈追节的日子，因此我认为花糕馍属于娘家给女儿追节礼馍。那白生生的大圆馍馍镶嵌了一圈红红的大枣和麻麻的核桃，一看就很实惠，尤其是第3层糕盘上插满了面塑的花卉和鸟虫更是让我稀奇。这花馍为何要3层甚至多层呢? 它除了食用还有哈寓意? 当年我只能这么想,但无从获知其中奥秘。

后来查阅资料获悉:花糕的糕与"高"同音,而且一层比一层高,寓意日子红红火火,甜甜蜜蜜,生活年年高、步步高,花糕越高越吉利。

花糕馍造型生动、线条流畅、结构清新、色彩丰富、绮丽雅致,情趣悦人,增强了春节喜庆的气氛,寄托了人们对新年新生活蒸蒸日上的美好愿望。除了过年蒸花糕以外,还有个时候也要蒸花糕馍,那就是闺女出嫁。不同的是,过年花糕都是蒸得熟透了的,而嫁女花糕一般都得半生,寓意闺女当了媳妇以后会"生"孩子。

　　花糕馍和其他民间手工艺品一样,也有历史渊源。据南朝梁吴均《续齐谐记》载称,汉代时形成九月初九登高山、饮菊酒、吃蒸糕、插茱萸等节俗。后来,因受地方地貌和物产资源的限制,产麦地区人民多用面粉制作花样繁多的蒸糕,以此了却登高采菊插茱萸的心愿,此糕后来被称为花糕。

寻
根

云云

寻根

爷爷闻闻气儿，

娃娃尝尝味儿。

仙姑点窍门儿，

云云有名气儿。

云云是谁？云云不是俊哥儿亦非倩妹儿，云云是花馍馍，是陕西关中民间一种相貌平平却知名度很高的花馍馍——云云馍。

"红事看花，白事看馍。"在我固有的印象中，云云馍常出现在祭祀活动和白事场合，祭台上卷云状的云云馍素面朝天，寓意逝者乘云西去，表示子孙望云思亲。

其实，云云馍也在红事场合现身，尤其是婚礼。红事专用的云云馍与白事云云馍不同，人们特意在馍的每个云卷里镶有一颗大红枣，意在祝愿新婚夫妻吉祥如意，早生贵子。这云云馍在民间可是任重而道远。

这貌不惊人却身份特殊的云云馍，又有着什么样的来头呢？在一次民间文艺活动中，我从一位民间故事家口中获悉：很久以前，在兴平城住着一个白老汉，他和老伴靠打馍为生。他们打的馍色白味香，人人爱吃。两个老人膝下无子，只有四个如花似玉的女儿，她们从小爱学针线活儿，都想变成织女那样的巧人。因此每年七月七日的乞巧活动她们最兴奋。当这一天来到的时候，她们除了在织女像前摆上各种新鲜瓜果以外，还要摆上两盘爸爸妈妈做的香馍。年年如此，从不间断，她们的诚心感动了织女。有一天晚上，白老汉梦见一个身穿五彩云锦的美丽女子来到他身边，深深施了一礼后，对他说："老人家，每年七月七日，我都吃到了你亲手做的香馍。这种馍味道特别好，就是样子不好看。"说着，从袖子中取出一方异香扑鼻的手帕，指着上面的云彩花纹说："如果照这个样子去打馍，一定又好吃又好看。"白老汉正要去接那手帕时，女子忽然不见了。他一翻身醒来，原来是梦。他正要叫醒老伴，老伴这时也醒来了，他将梦中情景一讲，老伴哎呀一声，说："我和你的梦一模一样。"两人随即起身，按仙女指点的图形烧鏊打馍。这次打出的馍，确实好看好吃卖得也快。老伴说："你看给这馍起个啥名字好？"老汉说："感谢仙女指点，就叫云云馍吧！"

寻根

杜撰也罢，传说也好，唯心地看，云云馍的形状自有道风仙气、神秘文化的成分；唯物地讲，云云馍属于实用的礼馍、饮食文化的范畴。饮食文化中，花馍可谓历史悠久。据史料记载，早在汉代就有了花馍制作的记载，宋代民间就有把花馍用于春节、中秋节、端午节以及结婚、祝寿等活动的描述。花馍经过百年的传承，如今它是民俗和民间艺术的成员，也是研究历史、考古、民俗、雕塑、美学不可忽视的实物资料。

嬗变

寻根

清脆悦耳的铜碗声响，缠绵委婉的阮儿唱腔，传递着皮与影千百年的声色舞光，这皮就是李少翁剪下的小人儿，这影即是刘彻梦幻里的李爱妃。一场方术弄影的招魂戏，无意中奠基了中华 2000 年皮影戏的发端。

> 隔帐陈述千古事，
> 灯下挥舞鼓乐声。
> 奏的悲欢离合调，
> 演的历代奸与忠。
> 三尺生绢作戏台，
> 全凭十指逞诙谐。
> 一口道尽古今事，
> 双手对舞百万兵。

一张牛皮聚满喜怒哀乐，半边人脸收尽忠奸贤恶。这就是皮影戏的独有特点，更是皮影戏千年不变的模范。席子一卷，亮子一展，油灯一点，戏就开演。多么熟悉的场景，儿时亲切的记忆。每当明快、高亢、细腻、滑丽的乐曲与唱腔响彻夜空，人间喜剧与历史故事就同时上演。

借光显影，穿越人生，穿越古今，在中华文化的历史长河中，堪称是一颗秀美的珍珠，绽放出更加绚丽多彩的魅力，这就是被我们称之为牛皮灯影子的中国皮影戏。皮影戏历经 2000 年的流传与完善，终被誉为世界戏剧起源、中国电影开山鼻祖，享有"中华一绝"的美称。皮影戏问世之初深受巫术与图腾崇拜文化的影响，它演变于中国古代秦、汉、魏、晋、南北朝时期方士、道士的弄影术。在当时，弄影术属于方士、道士掌握的秘密。长期以来，他们只在帝王面前表演，利用梦、影、幻觉，使其想象与观察巧妙结合，使帝王们相信生命可以无限继续，相信不死，结果使之相信了灵魂的存在，使弄影术蒙上了一层神秘的色彩，李少翁安慰汉武帝就借用了这一手段。汉武帝爱妃李夫人染疾故去了，武帝的思念心切神情恍惚，终日不理朝政。大臣李少翁一日出门，路遇孩童手拿布娃娃玩耍，影子倒映于地栩栩如生。李少翁心中一动，用棉帛裁成李夫人影像，涂上色彩，并在手脚处装上木杆。入夜围方帷，张灯烛，恭请皇帝端坐帐中观看，武帝看罢龙颜大悦，就此爱不释手。这个载入《汉书》的爱情故事，被认为是皮影戏的渊源。西汉文帝刘恒的幼儿由一位宫女照看。一天太子哭闹不止，聪明的宫女便用梧桐树叶剪成人形，借着纱窗的阳光，一面用手舞动梧桐叶子，一面口哼小曲，太子马上转哭为笑。这是陕西民间对皮影渊源的一种传说。这里最起码说明了一点：皮影起源于西汉。皮影的原型是用帛、纸剪的，后来才改成用皮革刻制。

皮影的表演由"演"和"唱"两部分组成，"演"是指用竹子操纵皮影在幕后的灯光下进行表演，俗称灯底下。"唱"则由一个人包揽

寻根

剧中生、旦、净、末、丑各角色的全部唱段和道白。民间通常用皮影戏祈祷祭祀、庆祝丰收及贺办婚丧大事。皮影戏表现题材广泛，从神话戏的上天入地，到历史剧的文唱武斗，从凌霄宝殿，到相府帅帐，无不在皮影戏中得到充分体现。

怀抱月琴，手挑皮影，在幕后的灯影里，用柔情的碗碗腔将人生的沧桑细细吟唱；吃碗面，抽口旱烟，在透亮的白幕上，用跳动的精灵将古朴的梦想释放得五彩缤纷。从2000年前到21世纪的今天，陕西皮影，借光显影，穿越人生，穿越古今，在中华文化乃至世界文艺的历史长河中绽放出更加绚丽的华彩。

寻根

碗碗

寻根

去年今日此门中，
人面桃花相映红。
人面不知何处去，
桃花依旧笑春风。

　　这一曲段是根据贾平凹小说《美穴地》改编的电影《桃花满天红》中、皮影艺人满天红演唱的《人面桃花》。饰演满天红的是著名表演艺术家陈道明，戏曲演唱者则是陕西碗碗腔艺人王振中（白毛）老先生。这段戏是《桃花满天红》里所有戏曲段子中的主要唱段，起着故事高潮的发端与收尾作用。该唱段在剧中共出现过两次：第一次是在庙会上满天红给桃花传递爱情时演唱的，其情炙热轻佻，曲调滑丽委婉。第二次是在满天红与桃花私奔未果而忍受酷刑之后，上山当了土匪头目与桃花重逢时演唱的，其情深重绵长，曲调悲怆悠扬。

　　《桃花满天红》使我对皮影戏和陕西碗碗腔产生了浓厚兴趣。

之后张艺谋的《秋菊打官司》和《活着》又加深了碗碗腔和皮影戏在我心中的分量。可以说，是陈道明、张艺谋、葛优、田壮壮、贾平凹、李世杰、王振中等一批文化艺术大匠的联手力推，才使得千百年由盛到衰的民族艺术形式焕发新生。皮影戏，这一民间瑰宝再度受到世界的关注与热捧。

机械而俏皮的皮影，清丽而婉转的唱腔，总是让我倍感余音绕梁，数日不散。喜爱与感慨之后便是思想，思想这2000多年前诞生于长安的皮影，历经盛唐的熏陶，两宋的演义，金元的传播，明清的规范，民国的沉浮，直至今天的新生，已赋予了它频道不同、南腔北调的演唱风格。然而，最高亢的还是它的母语元音——碗碗腔。

碗碗腔，其名称来源，一说因其节奏以打击小铜碗而得名；一说因领奏用的月琴（阮咸），又名"阮儿腔"衍化而成。说起碗碗腔皮影戏，就不得不提及陕西华县，华县以皮影戏而著名，华县皮影戏是中国乃至世界上最古老的民间艺术，是中国民间工艺美术与戏曲的巧妙结合。研究证实，中国所有的戏曲种类，均起源于陕西秦腔，秦腔最初起源于皮影，而皮影又起源于华县。因而可以说，华县皮影就是中国一切戏曲艺术的总源头。中国皮影的国际正式名称叫"华剧"，严格地讲，"华剧"是当年周恩来总理亲自命名的，即华县皮影戏曲之意。然而，民间依旧惯用"碗碗腔"之名。

华县皮影戏唱腔一直以碗碗腔为主，如今，细腻悦耳、缠绵俏丽的碗碗腔已不再是东路皮影独有的风格，而是陕西四路皮影戏的主旋律。当老腔一夜之间红遍国内外舞台之际，碗碗腔和皮影戏也将迎来又一个鸟语花香的春天。

寻根

翱翔

汉妃抱子宫前耍，

巧剪桐叶照窗纱。

文帝治国安天下，

制乐传入百姓家。

这是广泛流传在华县民间皮影艺人中的一首诗，它简明扼要地道出了皮影诞生的历史背景。

从西汉走来，步入大唐市井，皮影已嬗变得成熟精巧，玲珑剔透，深受民间喜爱。其制作程序业已完善，制作方法非常复杂精细，基本上要经过制皮、雕刻、上彩三大工艺二十四道工序，牛皮或驴皮经浸泡后，刮铲成半透明状，再打磨、摹画、雕刻、着色、熨平、缀合等。从现存的明清皮影可以看出，其艺术创意汲取了中国汉代帛画、画像石、画像砖和唐宋寺院壁画之手法与风格，其造型精巧别致，刻工细腻，施色考究，充分表现了中国传统文化的博大精深，民间艺术的拙巧淳厚。

公忠者雕以正貌，
奸佞者刻以丑形。

　　在皮影的雕刻中不同的人物使用不同的刀法，以五官塑性格。比如眉毛，平眉表现文人雅士的清秀文静，立眉突现武生将帅的英武强悍，方面、大耳、宽肩、圆腰表现了男性正面角色的阳刚之美，"弯弯眉、线线眼、樱桃口、细腰小脚"表现的是旦角女性的妩媚阴柔，实脸圆嘴则呈现出了丑角的诙谐和幽默。就这样，帝王的皇冠龙服，高官的乌纱蟒袍，后妃的凤冠霞帔，宫娥的彩袖垂裙，大家闺秀的雍华娇贵，小家碧玉的弓鞋翠簪，平民百姓的布衣麻衫，纨绔子弟的绫罗彩缎……千姿百态，都被皮影艺人通过小小的雕刀，用平面雕镂的手法表现得淋漓尽致，诞生出一个个富有强烈立体感的人物形象。

　　我们就近以陕西华县皮影为例，华县皮影造型以人物为主，兼有景物和道具。人物高约一尺，大头突额，色彩艳丽，图案精细。人物的颈、肩、腰、膝、肘等十处有轮盘牵线，活动自如。通常以五官反映人物的性格，如以平肩和皱眉区分阳刚和阴柔；丑角多用圆嘴、吊眉和冲天鼻，形象夸张诙谐。东路皮影形体较大，多刻通天鼻形，图案简洁大方。西路皮影风格精巧细腻，形象多豹头深眼。上图是戏文"穆桂英"一折，人物形象雕刻细腻，桌椅道具花纹繁密，设色古雅，场面颇为壮观。演出时，利用皮影半透明效果，不避影像重叠，例如穆桂英坐至椅上，因影像重叠变暗，并无不适效果。

　　我之所以要以华县皮影为例，是要在此向读者严肃庄重地介绍华县皮影的重要性。陕西华县位于中国陕西关中东部，是世界皮影的发源地。华县皮影有四绝：一是皮影雕刻作品造诣高，二是演唱功力极深，三是表演者功力精湛，四是华县皮影博大精深，综合

寻根

艺术水平炉火纯青，堪称戏曲艺术之绝唱。华县皮影不仅是中国乃至世界上最古老的艺术品种之一，同时也是被国内外皮影界公认的所有中国地方皮影乃至世界皮影艺术种类之集大成者。因其最古老、最精粹、最成熟、最完美、最经典和最有资格代表中外皮影艺术的最高水平，而被誉为"中华戏曲之父"和"世界皮影之父"。

　　历经千秋风雨洗礼，承受百家音律熏陶。华县皮影化茧成蝶、浴火重生的伴随着碗碗腔不卑不亢地拾级而上，向着艺术殿堂从容走去，实现由民间而民族，由民族而世界的升华。所以专家们认为，华县皮影在国内外皮影史的地位，近似于秦始皇兵马俑在中外考古史的地位。

寻
根

弦板

寻根

四姐(唱)：你把咱大淖池卖钱做啥？

张连(唱)：我嫌它不养鱼光养蛤蟆。

四姐(唱)：白杨树我问你卖钱做了啥？

张连(唱)：我嫌它长得高不求结啥。

四姐(唱)：芦公鸡我问你卖钱做了啥？

张连(唱)：我嫌它不叫鸣是个哑巴。

四姐(唱)：牛笼嘴我问你卖钱做了啥？

张连(唱)：又没牛又没马给你带呀。

四姐(唱)：五花马我问你卖钱做啥？

张连(唱)：我嫌它性情瞎爱踢娃娃。

四姐(唱)：你把咱大狸猫卖钱做啥？

张连(唱)：我嫌它吃老鼠不吃尾巴。

四姐(唱)：你把咱狮子狗卖钱做啥？

张连(唱)：我嫌它不咬贼光咬娃娃。

四姐(唱)：你把咱做饭锅卖钱做啥？

张连(唱):我嫌它打搅团爱起疙瘩。

四姐(唱):你把咱大风箱卖钱做啥?

张连(唱):我嫌它煽起火来嘀哩啪啦。

四姐(唱):你把咱小板凳卖钱做啥?

张连(唱):我嫌它坐着低不如蹲下。

四姐(唱):你把咱大水缸卖钱做啥?

张连(唱):我嫌你舀水去勾子蹶下。

四姐(唱):想必是由在外边把钱要,我问你的是输给王老八?

张连(唱):老八他有急事需要钱花,硬逼着借咱钱我实在没法。

这是电影《弦板悠悠》的主角、民间皮影戏老艺人王有德和女儿王巧巧为观众表演弦板腔皮影戏时的唱段,该唱段选自秦腔传统戏曲《张连买布》最精彩部分,四姐提问,张连对答,节奏明快,唱腔疏朗,情节幽默,手法娴熟,很是吸引人的。听惯了眉户戏名角张新尚和杨荣荣演唱的《张连买布》,乍一听用弦板腔演唱的该曲段,一样的声情动人。

电影《弦板悠悠》生动再现了在商品大潮的冲击下,金钱与良知猛烈撞击下的众生百态。让观众深入了解当代农村皮影艺人生存的艰难,皮影这一濒临灭绝的传统民俗文化传承的艰巨。影片带有浓郁的陕西民俗文化,将乾县弦板腔皮影(非物质文化保护遗产)与故事主题有机地结合起来,使观众在唏嘘人物命运的同时,能够欣赏到弦板腔皮影的独特魅力。

弦板腔早期是从隔帘说书的皮影戏开始的。艺人们将用羊皮、牛皮刻制成的各类戏剧人物,在撑展的纱帘上通过灯光挑动皮影,映像表演。最早的弦板腔皮影只有四个人说唱,被群众称之为"四人忙"。当时在关中流传着一首歌谣:"一辆大车四个人,绳子四条椽四根"。据乾县马连村皮影戏老艺人郝正发回忆:原来的皮影子工艺粗糙，没有色彩，形体较大，人称皮影戏为"四人忙"。四个人分作两部分，在"亮子"前耍皮影兼唱一人的叫"前手"，后面乐队的三人叫"后手"，其中一人打鼓带弹三弦，一人拉二弦带拍铙钹，一人甩呆呆带大锣、唢呐、大号和小锣，后来发展有四手、五手、六手等，加入板胡、二胡、笛子等多种乐器。自宋以来一直以皮影戏演唱形式在民间世代传承。过去关中农村一般农闲结社，过节和过年欢庆。求神祈雨，乡间庙会或祝寿祭奠等活动时，大多都演唱板板腔（弦板腔）影戏，在民间久演不衰，不断向艺术化发展。

时下众所周知的皮影戏乃是东路碗碗腔皮影，这是受了影视和老腔的影响。其实，西路皮影并不逊色于东路皮影，西路弦板腔皮影曾盛行于清代雍正、乾隆、嘉庆年间。当时走红关中的就有"致和""杨五""换印子""天训子"四大弦板腔皮影班社。"一挂牛四个人，绳子四条椽四根"是当时的演出场面。牛车用作舞台，四根大椽撑在车厢四周，朝观众的一面挂上亮子，亮子后面挂一盏亮灯，随着乐声响起，坐在前面的一人按照剧情舞动手中皮影，后面三人奏乐唱词，戏就开演了。

遗憾的是，三十多年来我再也没有看到过皮影戏，只是在影视剧里间接地重温了儿时的记忆。可喜的是在民间仍有一群倔强执着的老中青艺人们初心不改，默默地传承这一中华民族独具特色的艺术形式。可欣慰的是国家已将关注与扶持的目光和政策落实到了传统文化领域，濒临消失的民族瑰宝们一个个地在脱离险境与困境，这是我们渴望已久的愿景！

行

之

语

初晤秦淮河

　　我对南京的兴趣不在于它是六朝古都，也不在于钟山上雄伟的中山陵和中山路边威严的总统府以及固若金汤的石头城，而是承载了一串串故事的秦淮河。秦淮河蜿蜒流经南京城，这里绘制出精美的画卷，十里秦淮变成了南京繁华所在，一水相隔河两岸，水之阳有南方会试的总考场江南贡院和夫子庙，水之阴则有南部教坊名妓聚集之地旧院和珠市。明清时代是十里秦淮的鼎盛时期，江南四大才子和扬州八怪相继走出贡院走出夫子庙而名扬天下，胭脂粉巷也不示弱，出类拔萃地推出了秦淮八艳。基此，十里秦淮愈发引人注目和向往，向往两岸那鳞次栉比的粉墙黛瓦和朱楼亭榭；向往夫子庙那不断的文脉与袅袅香烟；向往董小婉、陈圆圆们绝代的才华与容颜；向往河面上那画舫里轻歌娇态的妙龄船娘……

寻根

我们是临别南京时,才决定去秦淮河景区看看的。由于导航问题,我们误撞到石头城下的秦淮河段,这里景清人稀少,一派荒凉,只能听见河水吟吟,似在向我们讲述它非同寻常的身世。当地人告诉我们,这里就是十里秦淮景区,同伴疑惑且失望地问,那些雕梁画栋的阁楼哪儿去了?那些富丽堂皇的画舫又在何处?柳荫下、花丛中那一群群手捻团扇相偎而笑的江南女子是否已经午休?至于桨声灯影,我站在这里怎么也想象不出会是何等的景象。

诗人博博和作家静儿满脸的遗憾和不甘,执意要去寻找《桨声灯影里的秦淮河》,我这会儿想起来了,就在我们三番五次地穿过长江二号桥隧道时,我发现出隧道不远,路左边就有一个景区,牌楼上写着"秦淮河名胜景区"的字样,看来我们是南辕北辙了。由于时间关系,南京之行只能在此画上句号,虽留遗憾,但有余味可品,对于文学创作者,遗憾反倒是幸事,遗憾能给创作提供无限想象的空间,你可以展开想象的翅膀,设想一万个你看到的结果,诗意的,画境的,叙事的,律动的,阳刚的,柔情的,可古代亦可现代的……

秦淮河,你这条浪漫的河,你留给我的记忆一半是妖艳一半是深沉,期待着,下次来揭开你神秘的面纱。

寻根

下扬州

　　古人在"烟花三月下扬州"，我却在秋高气爽季节，来到扬州。

　　来扬州不为寻觅我的知心人，亦不渴望能结识与我分担忧愁和与我风雨同舟的红颜，至于好朋友嘛，我想来想去，应该是没有的，仅有的便是瘦西湖上明月夜下的二十四桥。

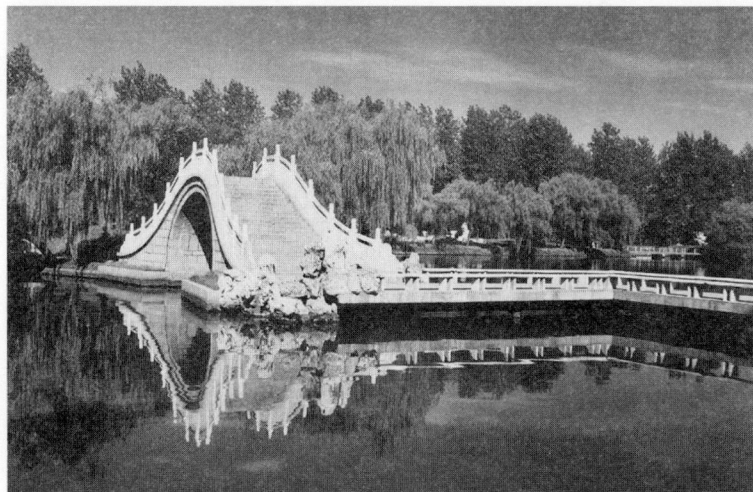

自古以来,风流帝王、文人雅士相约在烟花三月下扬州,可我不知道他们为何要下扬州?下扬州又要做些什么?这是我到扬州后生发的第一个问题,同行者也一无所知,就说是要来看江南的美女,然后携手漫步在瘦西湖两岸或运河边柳荫下,吟诗作赋,秀无限浪漫。

　　我们抵达扬州后,得到了孙凡夫妇的热情接待,那热情不是礼遇性的热情,是全心全意的厚待,在陪我们夜游古运河后又细致安排好了次日的行程。我忽而闪念:这夫妇可是唐朝时就潜伏在扬州的好朋友吗? 呵呵,缘是人为也是天意呢。

　　走进瘦西湖,博博他们又开始忙于拍照,我则忙于寻找我心中的二十四桥。杜牧能看上的桥,苏轼能留恋的桥,乾隆能喜欢的桥,一定有它独特之处。为了尽快找到二十四桥,我脱离了团队,独自按图索骥向西门方向运动,边走边思忖,这二十四桥指的是瘦西湖上大小拱桥的总数呢,还是一座有二十四个孔的桥?如果是后者倒也景象壮观,若是前者,那还不把我累趴下。

　　沿湖岸从东门向西门方向寻去,翻过了好多座石拱桥,哪一座也不像二十四桥,单从那平俗的造型就能判断出。由于迫切,我已经气喘吁吁,热汗津津,都快到西门了,仍不见二十四桥的影子。我站在熙春台对面的湖边发愣,忽而,身后来了一个旅游团,导游边走边讲解:"请大家向前看,我们眼前的石拱桥就是二十四桥。"我忙顺着他们目之所及的方向看去,这不就是我刚刚走过的那座桥吗? 于是侧耳倾听导游的讲解,才知道这座桥名字的来历:桥身两端各有二十四步台阶,桥栏两侧各有十二个汉白玉栏柱。噢,此桥命名如此简单!看来它是沾了月亮的光,它和月亮又都沾了诗人们的光。自古是诗因桥而咏出,桥因诗而闻名。毛润之喜欢写诗,也就迷上了杜牧这首诗:

寻
根

青山隐隐水迢迢，秋尽江南草未凋。

二十四桥明月夜，玉人何处教吹箫。

于是，兴之所至，饱蘸翰墨提笔挥就这一横幅，后人将墨宝刻在汉白玉上立于熙春台前，将本来就名气颇盛的二十四桥推上众心所望的神秘虚境。于是，无数名流文人不厌其烦地赋予它不同的光环。这应该是大家纷纷下扬州的原因之一。

瘦西湖可能是与杭州西湖相较才得的名，可我看它并不瘦，整个瘦西湖的水是满满的盈盈的，若以苏浙女子的婀娜身姿来形容，却是极恰当的。二十四桥就是套在这婀娜女子颈上的白玉环，为瘦西湖增添不尽的灵光和优雅的韵致。难道这瘦西湖就是可同我风雨同舟的"知心人"吗？

漫步在运河岸边，我不由得想起隋炀帝，他在扬州导演过一场闹剧的，令千名吴越少女给他的龙舟拉纤，于是"锦帆过处，香闻百里"。也许，人们络绎不绝下扬州，是来观看蛾眉婉转娇喘之态吧。

秋日扬州，仍不失为诗意的城，水墨画的城，春江花月夜的城。与我，他依旧是一座神秘的城。

寻根

水做的何园

何园是一只漂在水上的大画舫,如是说,是有原因的,游遍何园,细心的你就会发现水是何园的主题。整座何园里,除了贯通前后院那蜿蜒的湖水,就是一间间院子中用质地细腻的鹅卵石铺成的图案,这鹅卵石也是水里的精灵,就此还不够,园主人何芷舠又请能工巧匠们用土与火焙育出来的小青瓦,别出心裁地铺出波浪形图案,哗哗地起伏在前院后园。于是,何园内水波荡漾,生机勃勃。缘此,何园又被称为"寄啸山庄",顺墙而走的太湖石成了连绵嶙峋的山峦,扎根于绿绿的湖水底;如此,何园的每一座楼堂馆舍、水榭亭台自然就是停泊在水面上的一只只小画舫了。这就是何芷舠非凡的理念。智者乐水,何芷舠毕竟是一介大儒商,他知道水的重要性,水是财,水是魂,水是路,水更是生命。有了水,家就兴旺;有了水,人就精神;有了水,生意就四通八达;有了水,子子孙孙就获得了滋养的源泉。水能让人静,水赋予人灵气,无论是做学问还是奔仕途抑或闯荡商海,都需要灵气的,这也是何家人共有的寄望。

水的灵气与静气让走进何园的人陡生敬畏。如此安宁!就在同样安宁的扬州小巷里，"晚清第一园"——何园以其个性化的风格，赢得历代各阶层人士的青睐。

与游览别的园林不同，游人走进何园，没有稀里哗啦地闹，没有匆匆忙忙的拍照，没有走马观花应景，有的是肃然起敬的眼神和慢下来的脚步，伴随着琴房里飘来的江南丝竹声读山读水读奇花异木，读婆娑竹林，读一座座古老建筑里散发出的历史信息，读一对对瓦联上哲理而又纯真的文字，形而下与形而上的生活在此丰富着游人的物质与精神。这就是水的智慧的一面。

扬州不大却精致，精致的扬州拒绝世俗的喧嚣，大街小巷呈现着优雅的状态。何园隐居这样的城市里，愈显得内敛而贵气。大凡古代商人和巨贾多是低调内敛的，除了为安全考虑外，他们把闲余时间几乎都用在了品茶读书上。他们知道，生意要做大做强做得长远，学问是基础，机智从学问中来，理念从学问中来，商道也从学问中来，教育子孙更需要学问，耕读传家、书香世家是装点门面也罢，是粉饰家世也罢，是寄望后辈也罢，但都是他们提升自身价值和延续香火的共同理念和奢望。总齐归来，还是为了聚财、聚才、聚天下财富于一园，聚世间学问于子孙，这就是水做何园的宗旨。

何园，这只人去楼空的大画舫静静地润养在上善之水中，它应该是何芷舠留给这个世界唯一的活性财富。

周庄,励志的课堂

烟雨蒙眬中,周庄这座孤岛独踞浩渺水泊里,"镇为泽国,四面环水,咫尺往来,皆须舟楫"。周庄依河成街,桥街相连,是江南典型的小桥流水人家,这是我对周庄的总体印象,因为我去周庄正赶上细雨蒙蒙的天气。周庄虽弹丸,你若走错了路,那可是半天也出不来的,常有游客迷途难返,所以,周庄又有孤岛迷宫之喻。

置身于周庄,耳闻目睹间,周庄似乎在强调着一字——发。周迪功暴发后置下这片不足一平方公里的田产,沈万三发迹后让周庄规格升级,陈逸飞发达后画了一幅周庄双桥油画而使周庄蜚声中外,张艺谋拍摄的电影《摇啊摇,摇到外婆桥》使周庄和它的外婆桥成为八方游客神往的地方。旅游文化与旅游产业的兴起与发展,最终让周庄膨胀起来,成为江南知名六镇之一、并获得"中国第一水乡"的美誉。当代土豪随之蜂拥而至,围绕周庄投入巨资开宅建府,几条湖水边别墅林立,随处突显着钱的魔力。

我认为周庄之游等同于商务之旅,时时处处都在诱惑着游客的拜金意识。从途中导游的介绍到景区参观的景点直至吃饭的餐馆和购物的店面，无不在围绕沈厅、张厅、土豪别墅做文章，鼓动游客要学会赚钱发财，更重要的是要懂得怎样花钱和享受，这就是随团的突出感受。

来周庄唯能慰藉我的只有那一座座大小不一，形状各异的石桥。众多的石桥中仅有四座桥最有名，双桥因陈逸飞而出名，福安桥因朱 基而出名，外婆桥因张艺谋而出名，其实这四座桥各有它本质上的特点。双桥因一座桥的孔为方形，一座桥的孔是圆形，两座桥九十度相连，如同一把打开财富之门的钥匙而被称为钥匙桥，既物质又有艺术范儿；外婆桥被当地人称为分手桥，所以夫妻或情人以及友人最好别在该桥上合影、拥抱、握手；你若在福安桥上来回过几次，你就有升官发财的可能，据说朱 基总理当年就是在周庄走了三回富安桥后才走马上任的。

这四座桥中我偏爱外婆桥，唯它附有童话的真纯。就是因为张艺谋和巩俐的一部电影《摇啊摇，摇到外婆桥》，电影里面的那座外婆桥其实就是周庄的梯云桥。影片上映之后，梯云桥就改名换姓为

寻根

外婆桥了,不仅如此,就连流经梯云桥河道两岸的小店铺也都换成了清一色的招牌!比如"外婆桥饭庄""外婆桥油坊""外婆桥珍珠工艺品店"等等,外婆桥成了他们发家致富的招牌,让往来的游人想不记住这座桥都不行!不过,人们记住的只是"外婆桥"而已。

摇啊摇摇啊摇船儿摇到外婆桥

外婆好外婆好外婆对我嘻嘻笑

摇啊摇摇啊摇船儿摇到外婆桥

外婆说好宝宝外婆给我一块糕

寻
根

那么歌谣里的外婆桥就是这座外婆桥吗?经过访问后得知,歌谣里的外婆桥在杭州,那是吕洞宾特意为七仙女看望外婆时造就的一座石拱桥,那才是名副其实的外婆桥。周庄这座外婆桥充其量也是为周庄的旅游与经济发展起着推波助澜的作用,看来它也是满身的市侩气啊,如此,我对它的爱也要大打了折扣了。

浓浓商业气外,周庄不失为一个典型的励志课堂,它能活灵活现地展示励志到成功的许多范例,它无时无刻不在提醒人们创业与奋斗、勤奋与坚持,机智与诚实是迈向成功的阶梯。潜移默化与谆谆鼓励使周庄成了创业者们的培训基地。

水陆并行山塘街

《红楼梦》的开篇是从苏
州阊门写起的:"姑苏城的阊
门，最是红尘中一二等的风
流富贵之地"。然后写门外的十里街,这十里街就是指阊门外水陆
并行的山塘街。"七里山塘到虎丘",山塘街实际上只有七里。山塘
街,这条"姑苏第一名街",据传说是唐代大诗人白居易为了解除洪
涝之忧、利于交通顺畅、方便百姓游览虎丘,组织民工拓河堆堤,形
成街枕河、河依街的格局,很快这一带就成了热闹繁华的市井。后
人也称山塘街为"白堤"。

我只花了十元钱,就被三轮车夫免去门票带进了山塘街。山塘
街形制与西安的书院门比较相似,古色古香,大小店面专营地方特
产和文化艺术品等。不同的是西安书院门属重建,而山塘街则是旧
貌;书院门主营文房四宝、书画作品和陶瓷器等,而山塘街却以丝
绸、绣品、团扇和紫砂器皿为主;书院门背靠着明城墙,山塘街背临
了山塘河,河水绿绿的,顺着屋檐石阶停泊着大大小小的船只,有

顶的没顶的,新的旧的,家用的游览的,高的矮的,一如北方人家门前停泊的车辆。

山塘街堪称江南小桥流水街巷的典范,街心是东西流向的山塘河。山塘街紧傍河的北侧,是通过一座座石拱桥与河对岸的街道连接。山塘街上的店铺、人家动静相依,这里的房屋前门依街,后门临河,有的还建成特殊的过街楼,真是朱栏层楼、柳絮笙歌。

山塘街是粉墙黛瓦、氤氲水道、古街、水面,曼妙迷离的结合。红红的灯笼、静静的游船、通亮的石驳水岸、厚重的石栏杆、古朴的石条,以及高翘飞檐的过街楼、雕花窗棂的枕河人家、斑驳的院墙、砖雕的门楼、通幽的古巷,把粼粼的山塘河荡漾得如此柔媚迷离,仿佛一幅被江南烟雨渲染的国画。

河道蜿蜒,来往游船载了兴致勃勃的中外游客咿呀漂来,我站在拱桥上向下招手致意,他们则小孩儿似的欢呼雀跃,多么天真、多么烂漫。

我随支流绕进小巷,搜寻唐伯虎与秋香演绎啼笑姻缘的花园或书房;想见《小小得月楼》里那笑容可掬的脸庞;聆听雕花楼上穿针引线的声音在细细解读"欸乃一声舟远去"的梦里水乡。忽而天街小雨酥酥,细雨霏霏下的脚底石径湿湿的润,街边小楼蒙蒙的静,走到街东头现一座小桥,河面水纹恋恋自顾,桥上花伞款款从容。转过身,见街角有家小酒馆,临窗,三个老头儿闲聊对饮,我随即转悠进去,见老人桌上一碟酱豆干,一碟咸鸭肉,一壶雕花酒,老人的神态是悠闲自得,眼前一幕幕衬托出姑苏老街别致的画面。

徜徉在七里山塘,品读这里的一草一木、一石一水、一砖一瓦,感受到深深庭院的肃静与空旷、层层石级的老迈与坚实、吴侬软语的细腻与矜持、窄窄小巷的疲惫与荣耀,也衬托出我的粗俗与苍白。

寒山寺的钟

　　诗是古代最便捷的媒体，诗人无意中就兼起了广告人的角色，有的名诗名句便成为中国最早的广告语。曹操吟了"何以解忧，唯有杜康"而成为杜康酒的代言人；李白呼出"不及汪伦送我情"而成

为酒商汪伦的代言人；张继则是寒山寺的代言人：

> 月落乌啼霜满天，
> 江枫渔火对愁眠。
> 姑苏城外寒山寺，
> 夜半钟声到客船。

一首七绝《枫桥夜泊》使得寒山寺和寺内的钟声家喻户晓。文因景传，景因文名，钟声诗韵，名扬千秋。进入寒山寺，寻遍寺院的角角落落，见廊檐下、钟房里、大殿中、钟楼上那些闲置的、陈列的、悬挂的、封存着的大大小小、形状各异、时代参差、质地不同的300余口钟，就寻思，哪一口才是当年与张继结缘的钟呢？听寺僧讲，那口钟早就不在寒山寺了。民间相传，鸣响在张继诗行里的钟，历经沧桑，在明末流入到日本，是不是随拾得和尚漂洋过海到日本传播佛法去了？那一口钟已无从考证。到了清末，日本山田寒山先生便四处查寻此钟，欲将此钟找到归还原主。遗憾的是，终无下落，他便募捐资金，铸一对青铜钟，一送寒山寺，一留日本馆山寺，此举在中日民间文化交流和友好往来史册中写下了美好的一页。寒山寺的钟声不但有着悠久的文化历史内涵，还有着奇妙的实用功能，这功能用 12 个字可以概括："闻钟声，烦恼清，智慧长，菩提生。"每年除夕夜都有许多日本人不远万里拜谒寒山寺，聆听新年的钟声，祈求福运。据说人一年有 108 个灾难，若来寒山寺听新年钟声，听到一声，可以消除一个灾难。

据说寒山、拾得分别是文殊、普贤两位菩萨转世的高僧，他们被神化为和合二仙，成为人们喜闻乐见的神仙。康有为 1920 年在寒山寺题诗，诗曰："钟声已渡海云东，冷尽寒山古寺风；勿使丰干又饶舌，化人再到不空空。"康有为曾感慨于古钟流失到日本，他风趣地说：也怪丰干和尚多嘴多舌，向浙江台州太守阎邱点破了寒山、拾得是文殊、普贤两菩萨化身的天机，若不泄露天机，再有转世者到来，寺内就不会空空地连一口钟也保不住了。

出寒山寺向北，拾级而上，依了枫桥石栏，想象张继那夜停泊的岸口，江枫渔火又是闪映在哪个方位？桥：佛理里面的彼岸和引渡之意，这彼岸和引渡的相依相存尽是水做的缘。没有水，落第举子张继能千里迢迢夜泊枫桥闻钟声吗？没有寒山寺钟声的点化，张继能再度赶考而金榜题名么？夜半的钟声虽然让心绪低沉的张继夜不能寐，却激活了隐伏于他心里的灵感，钟声如佛号、似禅音，醍醐灌顶，只在闪念之间，开悟有慧根者。

钟是寒山寺的宝，钟是寒山寺的魂，钟更是寒山寺的主题，没有了钟，寒山寺就再也平常不过了，就像剑客没有了宝剑，骑士丢失了宝马。千百年来，寒山寺全部的积蓄就数那数百口钟了，寺内随处是钟，这在其他寺庙是罕见的，口口钟上都印满了历史的撞痕和趣闻。

寒山寺因那夜的钟声而名扬千古，那是张继的功劳，也是历代文人炒作的结果。仅凭一口钟就能让一座寺庙永存于世人的敬仰里，年年朝谒，岁岁进香，不尽然，最主要的是寒山寺拥有过两位伟大的人物，寒山寺的钟与他们相比也就只能是张封皮。寒山与拾得才是寒山寺这部典籍里的中心内容。钟声是供游人享受的，寒山与拾得则是供历史品读的。钟声响起，合掌闭目，钟声里有成千上万的声音在唱诵"南无阿弥陀佛……"

寻根

水上姑苏

寻根

苏州这座东方的威尼斯，在我的认识里，就像中国的水墨画，仅有两种颜色：一是白，白乃无色之色；二是黑，黑为万色之总，是隐，也是概括，这在吴冠中先生的画作里体现已尽，传递着无限的超脱与禅意，表现出天然的闲适与宁静。苏州就这样默默地浸淫于秀水之中，百年千年像艘巨轮停泊在太湖边上。

拥水而居是姑苏人的幸运。河流是姑苏城的血管，如网般遍布于城里城外。京杭大运河是动脉，太湖则是静脉，盈动不竭的水使姑苏城活力倍增、生命力旺盛。有了这纵横交错的河流，姑苏人获得了源源不断的信息资源、生产资料以及生活用品；同时他们的文化遗产和手工艺术也被世界所共享，河流又成了姑苏城通向外界的又一途径。水默默地滋育着拙政园、留园、沧浪亭、西园等大大小小的园林，使它们姿态诱人、景致如幻。水的灵动更滋润了世世代代姑苏女子的细腻、娇美的皮肤和聪慧、灵巧的心智。兰心蕙质的姑苏女子织的是天下最好的丝绸，绣出了世界上精美的苏绣、诗画传情的团扇，专供美人拿来遮面，薄如蝉翼的披肩，特为夫人遮风增艳。

> 君到姑苏见
> 人家尽枕河
> 古宫闲地少
> 水巷小桥多
> ……

河流密了,桥自然就多了。桥皆为形状各异的古拱桥:有单孔、多孔、半圆孔、椭圆孔,也有长方孔的。宝带桥、引静桥、虎丘双井桥、枫桥极尽代表。那桥面上一块块方正的青石板,构筑着苏州古桥的几百年几千年的历史,当我看着桥下那清澈的河水流过了坐落着唐寅故居的桃花坞,流过了文徵明喜欢的沧浪亭,那一道波光粼粼的沧浪之水,它流淌在每一方苏州园林的池塘,也流淌在普通苏州人的心坎上。苏州古城坐落在水网之中,街道依河而建,水陆并行,建筑临水而造,前巷后河,形成"小桥、流水、人家"的独特风貌。

寻根

我们至今还能领

略苏州古城原生态的窄窄的巷、矮矮的房，我们必须得感谢三个人，他们是阖闾、孙权、苏州历届政府的管理者。阖闾时代挖建的护城河限制了姑苏城的扩充和迁移，使得姑苏城 3000 年不更容；孙吴时代的吴主孙权为报母恩，在姑苏城内建造了一座报恩塔，无意中成了该城之后建筑物的限高标尺；中华人民共和国成立后，苏州市的历届管理者们为了保护这座美丽的历史名城，凸显她的独特原貌，要求新建房屋必须保持粉墙黛顶的风格，还特别强调新建筑物高度绝对不许超过报恩塔最顶一层的翘檐，这在其他历史名城是很难做到的，比如我们所谓的十三朝古都咸阳！在这方面我们值得反思，需要向水上姑苏学习和致敬！

寻根

　　就上海和苏州两城给我的直觉而言，我认为上海是工作的地方，苏州乃是养心的家。忙忙碌碌一天，回到安静舒适的家，获得了彻底的放松。遗憾的是，此次时间有限，来去匆匆，蜻蜓点水，若有机会，我定会故地重游，小住月余，细细体会最地道的苏州风情，独聆评弹之清幽、昆曲之古韵，醉眠在咿呀漂游的小客船里。

拙政园里的男尊女卑

　　"妇女是物质文明和精神文明的创造者,是推动社会发展和进步的重要力量。没有妇女,就没有人类,就没有社会。"这是习近平主席在"全球妇女峰会"上讲话的一段内容。这是向世界表明了中国态度,这一承诺就像一声声春雷,消除一切形式针对妇女的暴力,打破有碍妇女发展的落后观念和陈规旧俗。此时此刻,我的思绪从时事的宏观世界瞬间跳落到永恒的微观世界,这个微观世界就是我刚刚体验过

的苏州拙政园。这里为何要提起拙政园呢?我想游览过拙政园的人应该还记得园里那条双廊吧,那造型独特、工艺精湛、曲线自然、色调庄重的砖木结构的双廊,那里特别强调着一个不可违反的法规,就是男尊女卑。男尊女卑之规沿用到拙政园,已有 2000 多年历史了。

那么,这个男尊女卑是以什么样的形式、体现在双廊的哪个部位呢? 去过拙政园的人只要静静地回忆一下当时导游的讲解,自会恍然大悟! 噢,对了,双廊中间的隔墙和脚下的砖墁地。拙政园的双廊是被青色砖墙和朱漆窗棂纵向隔成的,外廊供男人行走,内廊供女人行走,这里赤裸裸地验证了男人是外头人、女人是内人的千古戒理。男女分内外还不算过分,其目的无非就是避免男女相遇,造成尴尬局面,若走过拙政园的双廊,你一定记得双廊脚下的砖墁地,内外廊的砖墁地的墁法是决然不同的。外廊采用薄青砖竖墁,窄窄的砖被工匠们角顶角拼成人字形纵向墁去,人字骑人字寓意男人做人要做人上人;内廊的脚下是采用青色方砖平面墁成,平顺安稳,寓意女人做人应当方方正正,规规矩矩,平平静静,安安分分的。女人是不许迈外廊一步,这是女人的禁忌,只能隔窗观景,犯规了,这女人就要受罚,还会被别人乃至社会所孤立和唾弃,这就是我所说的拙政园里的男尊女卑。

当然,像拙政园双廊规制这样的专利并非该园的专属,几千年的封建制度和三纲五常衍生了数不清奇形怪状的法规载体,他们依存在所有古代建筑物的角角落落。畸形的法规限制和歧视着足不出户的内人们,只能花开家里香,不准出墙头,更别谈上学堂考功名了,即使有经天纬地之才,也只能找个异性替身施展终生的抱负,幸运者有之,不幸者如云。她们可是恨透了那一道长长的双廊和人字墁砖,园里的山岛、竹坞、松岗、曲水和奇花异蕊,琴瑟笙歌是她们心中眼中的天下,而园外的世界她们可是一概不知。这些待字闺中和遵守妇道的内人们只能是:瞻前,羡慕游乐在报恩塔上俯瞰景明春色、熙攘街市的孙母和女眷们;顾后,嫉妒雀跃于忠王府门前、习文练武的天国女子们。

封建社会忽略了一点,那就是人类和社会是由妇女创造的,所以,就是它再文明也是局限的,单元素的才干打造的社会总会不完整是很脆弱的,且没有延续的韧力,这就是我游拙政园深刻的感受。

精微之处显大气象

参观苏州博物馆时，有同行者感叹苏馆陈列的展品缺乏大气与厚重，没有历史的深度和人文的高度。我知道她是在拿秦兵马俑和故宫作参照呢。我认为，该馆虽然不具备秦俑馆的宏伟与霸气、

故宫的辉煌与威严,可它处处体现着精细与精密,平和与绵长。

南国的历史与风情本身就与北国截然不同,北国的山高水深,形成了自己高阔深邃的历史厚度和人文特点,因而,物质与精神上无处不在彰显一个"大"字,"大"字中见胸怀,"大"字中出豪迈,"大"字中也显粗犷。南国的山矮水阔,形成了自己矜持细腻的性格和聪慧灵巧的心智,形而下与形而上皆力求一个"小"字,"小"字中显大气象,"小"字中出大匠心,"小"字中藏大文化,庙堂的江湖的有序分布,供世人和后人品读瞻仰追溯,也是一座城市的历史与人文的缩影,这些,我们北方是做不到的,无论是博物馆还是景点皆以概括见长。游览苏馆时,细心的你不难发现苏州这座城市和她的市民是极富智慧的,他们七窍玲珑心,雕发刻丝手,所有展品虽不宏大,还是令人震撼的,这些除去智慧就是精心,这精心我们北国人是很少具备的。

苏州的一条街可存在几个知名国内外的人文景点,大者为国家5A级,小到省级重点保护,它们或相邻而居或遥相呼应,如此密集的人文资源,不胜世界八大奇迹,难比中国之最,可它们却实在在、响当当地吸引来五湖四海的游客络绎不绝,对其叹为观止,你能说它没有巨大的影响,没有厚重的分量?尺有所短,寸有所长。从人到物皆一理,我们儿时都读过童话长颈鹿和小羊的故事,读过了,判定事物时也就不会再那么主观和偏见了。

寻根

宏兴码头

早上应信义兄之邀,我们前往宏兴码头。宏兴码头位于渭河北岸兴平段,是在千年古老码头的遗址上建设的生态观光园。

我是第二次来这里,此次看到的是已经竣工且正式营运的一期景点,二期景点正在北片紧锣密鼓地施工着。

宏兴码头较之其他同类,突出了一点:紧凑。正是这个特点使得这里多了几分简约和清秀,少了许多杂乱和噪嚷。临河而居是码头得天独厚的自然条件,这赋予了它足足的灵气和勃勃生机,水自然成为宏兴码头的主题,水的流动将码头景点分划得井然而明晰:码头的微缩景观是生态园的主景区,从月亮门直线南望,六角水井、缆桩、水泊古船、木栈桥、喷泉和拴马桩北南一线贯穿,集中地体现了天地人的人文主旨、逐水而居的生存根本、奔波进取的价值取向。浩渺渭河在此被缩写成见方水池,百年古船搁浅,一只只船桨桨叶向上竖立成林,是在宣告摆渡的时代一去不返,艄公的后人已过上了马上封侯的日子。我们在景区一角的茶社点了一壶兴平特有的 pia 子茶,喝茶聊天间巧遇国家一级演员、三意社著名花脸李小伟。我们

围壶热聊,谈兴愈浓,应我们邀请,他即兴表演,唱念做那可是声情势具到,活生生一个曹操,铿锵锵一位包拯！他说这茶社是他开的,茶社百分之三十面积做了戏台,码头本身就是对外开放的窗口,他要让秦腔在这里得以传播,让"秦之声"灌入所有游客的心耳里。

陪衬于主景区两侧的是时尚元素的水上乐园和生态元素的自然景观,水上乐园在主景区西侧,是游泳戏水的好去处,是亲水一族的向往之处。自然景区在主景区东侧,一弯荷塘南北蜿蜒,秋荷田田,诗意淡淡,径直高傲的紫色或枯干的莲蓬已取而代之,成了荷塘的主角,给人以高古苍劲的立意。走过曲桥穿过柳荫,眼前一亮,一片绿茵茵的草坪展开,里边点缀着几块白色的大小不一的原石,像是羊在吃草。我们进了草坪一轱辘躺下,背着青草、仰望苍天、心旷神怡,整个身心彻底放松了。据了解,这草坪是为户外婚礼和文化集会准备的,可以想象,欧式的生活在古老码头上得以嫁接,不能不承认是一个独具匠心的创意。

人文、自然、时尚三元素组合发声,奏出了乡村旅游新的乐章。

不一样的袁家村

寒食节,清明雨,挡不住踏春采风的脚步。一路桃红李白草青青,雨中的红醉意浓浓,雨中的白脆格生生,雨中的青绿格莹莹……像牛毛、似花针的蒙蒙细雨,柔柔地吻人眉眼,润人心田,白色的花海一浪接着一浪从车窗外掀过,红色的花毯一片连着一片迎面铺开,春天以不可抗拒之势,向我们打响了美丽的伏击。

这是第五次走进袁家村,在春雨沐花的清明时节。袁家村位于九嵕山(李世民陵)东南脚下,礼泉县东北方,从西安和咸阳都有游览专车。来一次就会有新发现,袁家村总会给我们一个个意想不到的展现。我们穿梭在拥挤的人流中,首先寻找的是可口而又独特的风味小吃,以安慰辘辘的饥肠。鱼儿挤出人流,买来几个纯菜油炸的小油饼,我远远看见"扁豆面"的幌子,忙挤过去,香喷喷热乎乎地了一碗。鱼儿说她想起儿时秋收后,新打的红豆刚一晾干,母亲就隔三岔五地做豆子面,豆子面里不要别的菜,只葱花下锅,那味道爨香无比。这经历我也有过,而且我母亲和我爱人做豆子面都是行家里手,可我没料到,这么简单的关中农家饭,尽然在这小吃一条街如

此受宠!

　　由小吃街转到民俗风情一条街，在同济茶楼前选一茶座坐下，要一壶红茶消消食。身后突然响起金属仓啷啷的颤音，身旁立刻闪出一位挂着吊牌的按摩师，手拿不锈钢镙子弹拨有声，其声悦耳。他躬身含笑地问：先生，掏耳屎不？按摩按摩吧。这仓啷啷声让我想起了20世纪三四十年代北京城里走街串巷的剃头匠。明知他们是三脚猫的手艺，还是答应了，互惠互利么。老戏台上唱的是弦板腔，这是秦腔的一种，属于国家非物质文化遗产，流行于礼泉、乾县一带。地方戏曲，你只要听进去了，倒是蛮有味道的，那词、那曲排可是再经典不过的文艺作品。

　　离开民俗街，拐上艺术长廊，这条街是时尚文化的领地，聚满了东西方文化元素。独特的创意是这条街的主题，基本上都是手工艺术：陶艺、布艺、木雕、石头画和手工制作的奢侈品等等，独一无二，精致贵气。我们坐在一家小店窗外的条凳上拍照，转身看见窗内挂了一屋子黄色的葫芦,奇形怪状,临窗一张几案上的电脑正播放着轻音乐,年轻的店主正聚精会神地雕刻着一只葫芦,神态安然。窗口一景呈现给我们一个悠闲自得的画面,偶尔有人进去问价,店主稍做回答,清清淡淡的,这场景真令我们羡慕,感叹人一生若能做着自己喜欢的事,既悠闲又赚钱还可享受那一份创造的快乐,何乐而不为!

一路欣赏着,闲聊着来到一家手工纸品作坊,被迎门一个书架上的书籍吸引住了,书封内页极简朴素,典雅大气,牛皮纸封面,白色轻型纸内页,黑色宋体书名,正与我即将出版的《乡愁咸阳》版式雷同,我爱不释手干脆就买了一本。鱼儿和艾村此时已进到店里,他们召唤我快进去看看,原来里边内容丰富,有规格不同的手工真皮、各色棉布、特种纸张作封面的笔记本和记事本,有用干花瓣干和树叶贴在纸片上制成的书签,还有手工精制的信封信笺,不时地有年轻男女聚在桌案旁,写一封寄给自己未来的信,期待几十年后能够收到。交谈中得知店名就叫"寄给未来",店主是一位年轻的出版策划师和视觉设计师,我的同行。人不亲行亲,交流进深一步,又获悉他正在编辑一套《不一样的袁家村》丛书,意欲把袁家村零零散散的有机资源,做一个全面的整合,为此,他们以各种形式做了很多尝试,比如这张手绘的袁家村全景图,还有那些以袁家村景点图片制作的明信片,以及搜集到的关于袁家村的文学作品,这一切都是为这套书做铺垫。我们介绍了自己的身份,他热情地邀请我们把写袁家村的稿件及时发给他。这可是我们没料到的事,这袁家村长长短短的街巷里,到底还隐藏着什么样宝贝和机遇呢?!

不一样的袁家村,从当初最早单一的农家乐形式,发展到现在的百业竞技,立体成长,逐步扩展,环境成熟,声名远播的民俗文化旅游村和"中国十大美丽乡村",实属不易,又前景明朗。包罗万象的袁家村在设计与发展中注重细节,也就美在细节赢在细节,它会让所有的游客在细微处深感不虚此行。

寻根

华夏屋脊

寻根

秋日的山，浓绿浓绿，就像凝聚了一捧捧水，封住了一团团雾，沉甸甸。这是我清晨环顾秦岭山体时瞬间产生的意识。在秦岭腹地已经转悠三天了，突出的印象和感受就是寡清。寡淡的物质，清冷的空气，寡淡使人渐渐地忘却了市井的欲，清冷则给予人充足的精气神。继而冲撞于脑海的便是去与留的复杂心绪。我不得不敬佩这座大山里数以千计的隐士们！他们才是真正的思想勇士和精神富翁。较之，我们却是裹了一身虚雾的空壳。为了这空壳能充实起来，进而激发起生命的波浪和高潮，我们不辞辛苦，常年地奔波于山水之间，寻觅精神的食粮与养分。

波浪与高潮不只是在文艺作品里才有的，旅游也一样。尽管我们此次出游的宗旨是随意休闲游，也不免出现高潮点。第一天是在路上走马观花，平平淡淡。第二天，还以为中午去娘娘庙敬香是此行的高潮。吃罢早饭，我们带着香蜡纸表，炮仗供品，从乾祐河北岸蜿蜒的山路艰难地爬上牛背梁左侧的一个峰端，一座寺庙孤零零坐落于此，这儿是我们此行的第一站。庙里敬奉着送子观音，庙门是虚掩的，几位婆婆、岳母、准婆婆、准岳母级的女士打开庙门，开始虔诚地除尘洗涤，男士们则在庙前闲观闲聊，语声无忌，就有女士探出头来禁止，大家方知言行不恭了，立刻悄声低语，有人便取来扫帚打扫门前炮纸落叶。里外清扫一毕，便以家为单位，依序进香上供，跪拜祈愿。此时，殿堂顶端悬挂的那把一直处于静止状态的花伞慢悠悠地旋转起来，有人说：菩萨知会了。于是，就纷纷诵着佛号往功德箱里投币。

我甚觉奇怪，空山野岭，庙门不锁，这功德箱里那一大堆的100元、50元、10元钞票何以安然无恙?! 热烈的炮声中，我们男士动手扯开长长的红绫悬挂于庙门前，宣告简短的佛事结束。到了下午，又以为上牛背梁采栗子才是高潮。正午吃过金鳟、山鸡、农家饭，稍事休息后，车队一路向西去板栗林采栗子。板栗林在半山腰，树上的栗子基本被打完，我们所要做的就是在山坡落叶间找拾遗留的栗子，一如在秋收后的苞谷地里，踩着躺倒的苞谷秆儿寻捡苞谷棒子。深秋的暖阳照耀在山坡上，我们爬上陡峭的山坡，脚下一滑一滑的，全凭手中的拐棍儿支撑身体，弯腰定睛，满布落叶的坡地是我们唯一的目标，阳光下就发现一点棕红

色的光亮一闪一闪,用棍子一拨,是板栗,大个儿的!紧随着一点两点三四点棕红光点不时地闪烁在落叶间、毛壳里,我的惊喜感染了大家也鼓励了大家。发现与收获使得我们兴奋起来,忘记了脚下的危险,就不时地有人出溜溜滑倒,甚至被板栗壳那刺猬状的毛刺扎伤,快乐的成分逐渐放大使得刺痛微不足道,三十年前割草打柴的场景浮现于脑海。说句不大敬的话,这项活动的过程比佛事有趣。心灵回归田园,行为重温农事,虽然这是形而下的生活,可它让我们突然间变得年轻了。佛事则属于形而上的生活,随时告诫我们渐渐地老去。夜宿广货街时,认为这就是此行的终点了。鉴于此行收获甚微,便四处了解广货街的履历,意图人为地创造一个高潮。广货街也像陕南诸多古老小镇一样,属于货物集散地,商贸交易场,客商补给栈,并没有我期望的那些特殊的历史,神秘的故事。清晨,一声声鸡叫,把我从梦中唤醒,感觉却是无比的新奇,微光照亮窗口,窗外是万分的寂静,公鸡的打鸣显得鲜活而高亢,唤醒我怀旧的情愫,万千思绪难以压抑,冲动的灵感喷薄而出:

寻根

> 惜别农事二十年,阡陌景致已遥远。
>
> 梦里忽闻鸡鸣声,方知夜眠在山间。
>
> 鸡鸣声声醒沉梦,激活思乡怀旧情。
>
> 当年渭水一方土,夏长小麦秋收谷。
>
> 白日忙碌不得闲,割草搂柴学耕田。
>
> 犬吠诱得归鸟叫,炊烟缥缈日暮还。
>
> 弹指半生逝如电,身居闹市无奈间。
>
> 脱离地气橡皮人,丢失自己极茫然。
>
> 尽管追寻未停歇,亡羊补牢犹未晚。
>
> 每逢节假双休日,蹦出笼儿撒个欢。
>
> 城镇化后水土稀,远途跋涉得自然。

多少年没遇到这种甜蜜的冲动、精神的快感了，难道这里即是此行真正的高潮！？

每次出游都是一次回归之旅，寻根之旅，自然是迫切又静心的，虽无目的和终点，更鲜有令人兴奋的高潮。其实，绵延与深邃挺好。

我们离开这个属于安康市宁陕县的广货街古镇，一路直奔西安方向，目标是家。当我们的车队渐行渐慢时，发现窗外青绿的山体越来越矮了，蔚蓝的天空越来越阔了。谁也没想着中途会再有显景，晕晕乎乎间，眼前就出现一个小型停车场，这是哪里？我们停下车一看，此处竟然是秦岭顶。这么巧，真是踏破铁鞋无觅处，得来全不费工夫呀！一览秦岭顶，是我蓄意已久的夙愿，多少年了，总是被种种杂事羁绊不能成行，今天却误跑误撞至此，不能不说是一种缘。大秦岭，中国的父亲山，秦岭顶，自然就是中国父亲的肩膀，也是中国南北方的分界点，更是中国长江、黄河两水系的分水岭，华夏之祖脉。如此重要的景点，一旦错过，怎能不说是一种遗憾呢！多亏昨天下午我们改变了旅行计划，选择了一路向前，更得感谢早上在三条线路中选择了这条路线的那位兄弟，让我们有幸零距离瞻仰了父亲山庄严巍峨的头颅，刚毅凝重的容颜。

秦岭顶翠峰黛壑，蓝天白云，风轻气薄，微尘不见。他就像一枚印章，重重地镇住了绵延的群峰，群峰四面八方叩首而来，南江北水如浩浩军阵，由西向东接受检阅，我们这些天地之间的匆匆过客，置身于此立显渺小和卑微。

愕然间，惊叹：此刻才是此次旅行的高潮点呀！前边那几场只是到达高潮前的波浪，被最终的高潮掀起的一道道前奏。

寻根

不系舟

寻
根

　　我知凤翔东湖久矣，老当成是该县公园里的一条普通的人工湖，如同咸阳渭滨公园里的青年湖。不明白的是凤翔东湖何以这大名气？

　　前日去凤翔拜会泥塑艺人周禄堂，之余，顺道看看东湖。游览过程中算是弄清了凤翔东湖的背景，尤其对那艘停靠在苏公祠门前湖边的不系舟产生兴趣。不系舟，颇有道教意思的词汇，不系之舟，就是不拴缆绳，随意漂泊之意。经查，不系之舟最早来源于《庄子·列御寇》，不系之舟，没有束缚和缆绳捆绑的船。比喻漂泊不定的生

涯,也比喻无拘无束的身躯。

　　马不用拴,车不用锁,舟不用系,言外之意是我随时要走。随时要走那是无挂碍之心性,兴致来了或跃马原野,或驱车山林,或泛舟江湖……多么自由的身体,多么不羁的精神,多么浪漫的情怀! 至今,这种生活只悬挂在我的理想中。而对于文豪、官僚的苏东坡,不系之舟并非浪漫的载体,而是无奈的比喻:

　　　　心似已灰之木,
　　　　身如不系之舟。
　　　　问汝平生功业,
　　　　黄州、惠州、儋州。

寻根

　　这首诗是苏轼末年回首人生所作,应该是慨叹自己漂泊不定的一生。后人借诗中"身如不系之舟"句,在苏轼当年扩建的凤翔东湖上,塑造了一艘名曰"不系舟"的石木画舫,时刻准备着,迎接东坡居士散淡的灵魂。

　　凤翔东湖是苏东坡走上仕途的第一个杰作。这位年轻的政府秘书长,在任期间,力倡将凤翔城东的饮凤池扩建为湖,得到了一把手和当地百姓的支持与响应,这才有了名载史册、知名古今的凤翔东湖。不系舟就停靠在苏公祠的门前,似乎等待着这位豪情的文人随时出发。而被绿茵覆盖的四合院,琴房里仍丝弦流动,韵律和风。说走不走,不走却走,全无规律,这就是随心所欲,心无牵绊。想我这一生身如不系之舟,心亦如不系之舟,半生无安身之所,一生无牵心之处,飘飘悠悠,苟且偷生。我的不系舟非庄子的不系之舟,亦非苏轼的不系之舟,前者身心放纵,后者事业所致,而我则命运不济。道家的超脱我做不到,儒家的进取我又没条件,佛家的放下我于心不忍,难道我注定成为毋如意的不系之舟上的常驻客吗……

水利文化之旅

之所以说是水利文化之旅，由头就在于一个"渠"字，泾惠渠、郑国渠……我们周末之旅的第一站，参观李仪祉纪念馆，瞻仰这位为陕西水利事业做出巨大贡献，用毕生精力滋润了三秦广袤田川的水利专家。他的陵园和纪念馆就坐落在郑国渠（泾惠渠）边。泾惠渠的设计者和建设者希望自己十年百年后仍能静静地躺在这里，目睹渠水浩浩汤汤，聆听渠水铮铮锽锽。

李仪祉、郑国，两个相隔 2300 年的水里专家，堪称卓越与伟大。一个是这条渠的始创者，一个是这条渠的完善者。今天都安静地坐在他们的荣誉园里，后人的敬仰里，悉听不绝于耳的赞颂！郑国，这个失败的间谍，以尴尬的角色滞留秦地数千载，再也没能成功归韩复命，他本来是奉旨借帮秦国修建水利工程之计，意欲拖垮秦国势力的，没想到却反中了老狐狸吕不韦的将计就计，辛辛苦苦地担当了一个出色的秦国水利部长，使得秦国干旱的田川得以灌溉，粮米满仓，蔬果甜香。望眼欲穿的韩国君臣和神经紧绷的城池没有等回不辱使命的郑国，却等来了势如虎狼的秦军，韩国同样没有逃脱灭国之灾。李仪祉，东府书香门第之后，留学德国青年才俊，满怀水利强国之梦学成归来，幸运的是他没有因国情复杂，战乱频频而报国无门，他如愿以偿地投身到自己热爱的事业中间。十余年的殚精竭虑，跋山涉水，风雨不计，一件件地完成着自己规划的引水蓝图，自己设计的"关中八惠"工程，我们眼前这条仍水流湍湍的泾惠渠就是成功的案例。当一条条满溢浩荡之水的灌溉渠，纵横交错地遍布在陕南陕北关中平原时，他注定成"陕西近代水利的奠基人""中国现代水利先驱"和"亚洲近代水利科技先驱"。他将与大禹、西门豹、李冰父子等齐肩于史册。

瞻仰完李仪祉水利纪念馆，我们逆流而上，找到了郑国渠渠首——泾河源头瓠口。这里尚未开发，只有巨大的水坝日夜喷薄出壮观的飞瀑，狮吼马奔，着实地骇人。这景观若一经开发，将成为极其诱人的风景区。泾河之水天上来，蔚蓝的天幕下是青绿的山，水自山间汇流而出，冲刷出一条犬牙参差的河道向东。谁让沉默憨厚的黄土高原生机勃勃，灵性展现。也是我们这群懵懂之人的不虚此行。

与水结缘，一天也就走不脱水的纠缠，归途中歇脚，一停车，又遇一条河流，走下去见垂钓者成堆成片。什河？看桥身有字：泔河大桥。见河水色深青，细雨说是水浑，波海兄纠正道：水深则水色近黑。我面对盈盈河水感谢苍天厚爱，赐予我关中如此多的河流，让八百里秦川旱涝保收，我辈之幸甚！

寻根

夜游芙蓉园

寻
根

三笑

这是我进园后第一个引起我兴趣的雕塑艺术品，他给我的感觉是丰沃的田野上，老婆婆带着孙儿放风筝。自然环境是舒展的，婆孙俩的心情自不必说，看那自在轻松的表情就能感觉得到，悠闲兼带着浪漫。可当齐军走近一步，回头一声朗笑时，我知道我肯定是搞错了。也赶忙近前一看，啊！原来这组铜像展示的是铁杵磨成针的典故。我脸一红，自忖：无论谁远远地看，也看不见老婆婆手下的那根铁杵和那块说明文字的。当然，我这心里话有些狡辩之嫌，有多少像我这样没有磨针心态而急急草草的游客。

前行不多远，高高一摞泛着古瓷色的手工家具闪现于道边。何物？这回得看清楚了再说，瞧这镶有铁手把的圆形木圈儿摞成一摞，不是在蒸馍还能干啥，一摞笼屉呀。这回齐军没吭声，等我坐在椅子上喝着饮料休息时，他又跑回去看一次，回来就哈哈地笑个不停，我知道我又出笑话了。那东西是什么？我问。他笑着说，井圈，打井用的预制件。哈哈哈，这回轮我笑了，我笑自己刚才还独自在猜想,那摞蒸屉里蒸的是大包子还是窝窝头?如此巨大的笼屉不知会蒸出多大的包子呢?

说着笑着拐进了一座庭院门口,这又是什么幽处?仔细巡视,原来是陆羽茶社。因为冷,茶桌闲置,壶盏蒙尘,昔日热闹的园子茶堂空旷无人,我俩走马观花穿堂而过,来到芙蓉湖边,一组大红主题的工艺花灯沿着湖岸展开,10余米长,3米多高,无论是颜色还是造型都抢人眼球。我惊呼,好大的茶壶!此刻,齐军正聚精会神地审视那一组花灯。那不是茶壶是灯笼。我回头一看,是两个正在照相的女子纠正我呢。啊!又错了!?的确是灯笼,老兄。我说,都是这茶社误导的。今儿咋了?愚人节么?自己咋像刘姥姥似的。随之现诌打油诗一首自嘲一番:

咸阳娃进芙蓉园,囫囵吞枣三误判。

铁杵磨针放风筝,蒸笼原是陶井圈。

一只具壶空中悬,展示茶社非等闲。

谁料悬壶是彩灯,暗嗔自己又打眼。

认知事与物唯怕不经调研而或人云亦云,或主观独断,或草率结论,今儿三次走眼误判,虽游戏,却反应我于事的习惯,不可持之、不可持之!

灯影

东为上,属龙位。

今年是马年,龙和马既是近亲又是伙伴,曲江人便在芙蓉湖东岸边、东门内扎起了"龙马精神"花灯组景,构图精美,制作精细,色彩喜庆,夜间灯光交替闪烁中,龙马呈现出飞奔之势,展现中华豪迈的精神。中华精神不仅仅局限于龙马之间,还有龙腾虎跃,若添上虎就全了。我自问,虎呢?伙伴拍拍说我那不是。我顺他所指方向寻找而去，一溜彩门尽头的草坡上，跳出几只虎崽，圆头圆脑，虎势生风，这组布老虎是为圆东方文化的精气而来的。

紫云楼是芙蓉园的主景建筑。

紫云楼诸格明亮之时，便是芙蓉园华彩呈现的开始，辉煌中不失高贵与庄严。这里的精彩高潮还不是这些，而是在湖面想起交响乐后，三片喷泉齐刷刷冲空的那几十分钟，喷泉一柱柱连成三张水幕，上演美猴王夺明珠献上紫云楼的传奇故事。平生第一次见到水幕电影，稀奇之下甚是遗憾，喷泉向上的力量难得持久，于是，电影画面多受影响，断断续续之间，小侄女维嘉便建议道：还不如在空中架一根水管，水向下喷就会持久，水幕自然稳定，图像会更显。

寻
根

"姐姐，这是长安城里舞过的那条龙灯吗？"

"好像不是，记得元宵夜里舞龙灯的是一伙壮汉。你看，围着这条龙灯的却是一群骏马。"

"噢，眼前的龙已非唐时的龙，这马亦非当年的马。瞧瞧，这些奇装异服的人，东奔西跑地不知他们到底喜欢什么，完全像一群迷失方向的鸟儿。"

"哪像我们那个时代，信佛就万念紧随觉悟去，尚儒就按仁义礼智行。"

得得马蹄踩响了静静的园林石径，满园灯火次第熄灭，水幕电影散场了。

这两位来自盛唐的丰腴女子，骑着骏马窃窃私语着款款走在芙蓉园的湖边，北边是那座恋恋不舍的天坛，闪着蒙蒙朦胧的眼睛。

阆中钩沉

向往阆中是羡其拥山傍水、旧貌依存的自然景观与人文景观。奔赴阆中则是慕其聚义藏威、秀地悍声的历史文化与民间文化。

从西安到阆中，我们穿过了 70 多个长短隧道，忽明忽暗的一日行程，山重水复的千里奔波，全程有接天连地的油菜花陪伴，为我们掀起了一窗又一窗黄色的帘。终于在晚上七点跨过嘉陵江大桥，抵达阆中古城。我们紧随接待我们的女子穿过镇江楼，行进下华街，一路灯火辉煌，人影绰绰，女子安排我们住进了一家客栈，两层木阁楼刚够我们五人居住。稍加修整，大家急不可耐地赶到嘉陵江渡口取票登船，夜游嘉陵江是件既浪漫又休闲的活动，尽管两岸景致不敢与上海外滩并论，亦不如咸阳湖靓丽，可它也有自己的特点。游轮缓慢地转了一大圈，尽管没有导游讲解，大家也都抱怨无景可赏，我却被江边一座山影吸引，那山的上半截被昏暗的灯光扮亮着，隐约的光使山体现出几分神秘来，我目不转睛地审视，突然发现它像一只卧虎，怒目圆睁、回首江面，阴森感陡然袭上心头。我回避山影，环顾四周，除了高低不同、形质各异、金碧辉煌的楼阁外,也只有它值得琢磨了,再回头,另一个角度看,觉得它又不像卧虎,像一个面目凶悍的人,阔口铃目,似有啊呀呀吼声,张飞!

弃船登岸,漫步街巷,大小店铺多售本地特产,一个来回我就看出端倪,张飞牛肉、保宁醋、桂花馍当属阆中三宝了,而香醋浴足则是阆中服务主业。信义兄好浴足,每到一城,逢足浴必体验。热醋烫脚,女子按摩,旅途困乏顿消。回客栈热水浴罢上床,半睡半醒,满脑子还是灯光里的山影,时而老虎,时而张飞,最终就定格成张飞。迷迷糊糊中,隐隐约约传来凄惨的声音:"还我头来,还我头来……"惊醒后,感觉声音是从西边张飞庙传来的。努力转移思绪,想张飞牛肉的香,想保宁醋的酸,想桂花馍的甜,想镇江楼的修颀,迷迷糊糊,似睡非睡间,一双如豹环眼对视着我,张飞!睁眼睡的张飞,死不瞑目的张飞,"还我头来……"悲声再起。我实在没法入睡了,就靠在床头看手机,就怨范强、张达这两个叛将,你们受不了三将军的怒骂和鞭笞,那就一走了事吧,若惧怕三将军追杀,刺了他也就算了,干嘛非得割了他的头颅,让一个重情重义、勇冠三军的无敌将军身首异处,九泉之下何以颜面见他的关二哥,见他的列祖列宗。

想那西乡侯张飞镇守巴蜀以西、经营阆中7年,深得民心。因为关二哥报仇心切,急火攻心,借酒浇愁,常常酩酊大醉,醉则动辄鞭打士卒,辱骂部将,有范强、张达二将忍无可忍,起心叛逃,又恐被张飞追杀,随即一不做二不休趁飞醉眠,刺杀后砍头邀功而去。飞死后,备授予汉桓侯葬于阆中,并建起汉桓侯祠以纪念。当地百姓世世代代用心供养、守护张飞不甘的冤魂,张飞庙香火1000多年燎燎不息,后人敬仰的不只是万人之敌,为世虎臣的张飞,还有忠勇刚烈、信义正直、爱憎分明的张飞,以至于把他的姓名冠注于日常生活里,念念不忘,张飞牛肉因其肉色黑里透红、外刚内柔而被形象地称为张飞牛肉,声名远播。阆中是张飞生前的第二故乡,

寻根

更是终生的归宿。张飞也自然而然地成了阆中古城的形象大使,使得嘉陵江边这座小小的古城名声显赫,威风八面,门庭若市,风调雨顺。

由此联想到我们咸阳,逊色!阆中仅仅一个张飞,而且还是在此执政七年的外地人,他们就借神造势,作出如此大的文章,使得阆中千百年来名利双收。咸阳呢,拥有土生土长的神仙三茅真君、汉钟离、王重阳、汉班超唐李靖等儒释道及文武名人不下百名,更别提历代帝王的行宫陵墓数十座,可从来与本地政府不相干,令经济发达地区羡慕嫉妒恨外加惋惜!这就是南方与北方观念之差别。

寻
根

顺道青木川

出了阆中古城，驶过嘉陵江大桥，我们直奔兰海高速。一路我的心还在留恋阆中的镇江楼、张飞牛肉、保宁醋。突生悔意，咋就没与镇江楼合个影，还想着别时带一瓶保宁醋一包桂花馍和一块张飞牛肉的，可等人聚齐后就匆匆上车走了。

也是，每到一个地方总会留些遗憾的，这遗憾就成了此行的话题与念想。由此，便是对一次旅程的反刍，加深了对一个景点的印象，那建筑那树木那水流那土地那人群、那万花筒似的物件都生出

了味道。回忆着,那味道就从你的鼻尖慢悠悠飘过,看来,这遗憾反倒是一件好事,它是你与外界自由往来的途径。

川中山多水复,更是之雨雾初晴,山岚起伏,雾锁岭头。太阳时隐时现,一路追赶着,要送给我们遗落在阆中的东西似的。而我们也时而露天,时而隧道,像太阳一样地忽明忽暗,相互捉着迷藏。

两小时余,我们拐进了青木川古镇,这是我们此行最后一站。惦念青木川已久,知道青木川是著名作家叶广芩的媒介,她在此挂职生活过,创作了长篇小说《青木川》,引起文化艺术界对青木川的兴趣,小说被改编成电视连续剧《一代枭雄》热播后,引发社会关注,掀起青木川旅游热。这与作家的推介密不可分,更重要的是青木川的自然条件具备优势。

栖凤楼、飞凤桥,这里有凤的什么事?莫不是有什么美丽的传说。了解后得知飞凤桥原名风雨桥,汶川地震后重修,遂更名飞凤桥,图个吉利;栖凤楼也无诱人故事,只因在《一代枭雄》里频频亮相而火爆起来,前者是天灾不死的涅重生,后者是古镇沧桑的活性载体。归途中周海宁上网查知我们没过飞凤桥,所到之处只是青木川的一部分。又是一个遗憾!闭目养神,遐想着鸡鸣三省地旧时的匪患不断,世外桃源处今天的游客源源;当年马蹄得得令人心碎,如今人声鼎沸使人心欢;前者随时会折财丧命,后者很快让山城巨变。旅游也促进经济发展,这发展实在离不开文化这个坚实的支点,文化在很多时候在许多方面,可以点石成金。

体验古老城镇,需要住下来慢慢地深入它的角角落落,用心感受。而不是走马观花,蜻蜓点水似的从浮面的一景一事上摘取一把花花草草,做一只盆景了事。可惜的事,因为时间缘故,此行只能匆匆一瞥,无缘深交啊。对青木川的认识仅仅比以前清晰了,立体了,生动了。

寻根

山城夜雨

寻根

夜雨敲窗，敲断了我梦的翅膀。窗外，夜色茫茫，雨儿任性地舞蹈，肆意地冲撞。山城的晨曦被雨雾遮蔽，大街小巷流动着凄凄潇潇的旋律。山影蒙眬，河水淙淙，没有了晴日里俊朗的朝气、安逸的笑容。

秋雨秋风愁煞人。

如蜜，却稠而无味；如酒，则过量伤人。隔窗听雨，是种享受，你

可随着这跳动的韵脚,浏览山城,寻觅宝鸡诞生之源,宝鸡成长之路,宝鸡高歌之峰。

叮叮咚咚,这是雨打石鼓之声,雨儿趴满石鼓,争辩着,怎么也读不懂梅花样、日月形、流水状、人姿态、万物皆像的文字,倒是将青石鼓体浸染得冷峻沧桑。遥远的夏商王朝,将兴衰之事托付给一块块顽石,留给我们的仅有斑驳的背影。当蝌蚪样的文字被一个个石鼓托出黄土,华夏子孙终于找到了母语之根。

叮叮当当,雨儿跳上钟鼎,金质的声乐,令雨儿心旷神怡,手舞足蹈。青铜之韵,浑厚而苍凉,五千年风云变幻,世事跌宕,曾经多么尊贵、多么神圣、多么时尚的铜器,从阳光下隐身到黄土中,暗无天日地等待,等待破土而出的日子,就像修行的蝉儿,只求破土而出时惊人的一鸣。这一等就是数千载。当有一日,几把无意的锹铲,刨动僵硬的封土,青铜们如愿以偿,他们的梦想实现了,它们的出土,果然令世界震惊,惊愕之声高过蝉鸣千百倍。散氏盘、毛公鼎、编钟,人类共仰的远古珍品,青铜神器,延伸了五千年华夏文明。学者追根溯源,书家贪婪临摹,藏家垂涎不甘,世界望洋兴叹。青铜时代的主人,你那优雅、豪放、华美的气质,令我们敬仰令我们着迷。

雨儿滴答,渐渐从容,窗外已是清明,雨儿可能去找寻那锵锵凤鸣。凤鸣岐山,响应九天,由此回想到西伯姬昌时代的西岐,和谐的盛世缔造金石周朝八百年。凤鸣之地,礼仪之邦,青铜之乡,诚信之方。凤鸣之声响九州,万国来朝;青铜之韵播四海,亿民共仰。这是我来之前就拟好的联语。锵锵凤鸣,无人听过,吉祥之声,长存于意念之中,它已成为人们向往岐地的诱因。周兴之初,圣贤精神是西岐的梧桐;盛世中国,和谐文化是我们的梧桐,家有梧桐,招得彩凤舞长虹。

搅我美梦的夜雨,激活了我麻木已久的神经,五更失眠,突发灵感,絮絮叨叨,一通感言,算是宝鸡一周之记录。

寻根

夏天,咸阳逢人说沙滩

寻
根

　　坐在湖边,依着秋凉渗透的树干,我追寻夏天的背影,火辣辣,翠绿绿的背影。我仍沉浸在这个夏天的话题里,这个夏天,在咸阳到处逢人说沙滩。

　　沙滩,对于拥有河流的城市并不罕见,水落滩出,黄沙斑斑,河床便呈现捉襟见肘的难堪,让一座城市陷入无辜的破败与荒乱。城市的肺,城市的血管,城市的呼吸道遭遇严重感染,城市的生命和城市的灵气变得麻木而黯然,草木,建筑与人都眼巴巴,渴望一场雨后的大水湍湍。

　　与其被动等待,不如主动改变,一个决策,一个理念,一个设计,一场会战,就在一年复一年的精心打造中,池沼

变湖泊，水草换芦苇，荒滩成乐园。沿渭河岸东往西来，不再是荒草丛生，不再是断壁残垣，不再有垃圾堆山，不再见恶臭熏天。一路花木一路水，水在小桥绿洲间，水岸生活让咸阳人倍感幸福，这幸福源于人对自然的改变，源于自然对人的感染。

看沙滩去！这声音塞满了一个夏天。沙滩在哪里？这询问声无处不在。写字楼，校园里，住宅区，道路边，酒吧餐馆逢人无不问沙滩。在咸阳城的西头，在咸阳湖二期的北岸，和两寺渡公园紧密相连。那里金沙为岸，那里湖水如蓝，那里风景似画，那里游人云集，那里是咸阳的马尔代夫，那里是咸阳湖二期景观带的最亮点。一到黄昏，咸阳的市民们就像迫切的飞燕，从不同方向向沙滩盘旋，只为享受水岸、湿地、沙滩这海滨城市才拥有的浪漫。

有一日，当你放下手头琐事，从防洪渠入河口的湿地公园出发，一路向西漫步，你会发现昔日的污水沟没了，替代它的是绿波荡漾、鸥鹭翔集、曲桥蜿蜒、亭台依柳的诗意画面；你会发现那些疯长的杂草不见了，取而代之的是茵茵草坪、婀娜垂柳，平阔的运动场，青砖红石的走廊。我们顺着走廊向西，上渭河观景路，路沿河贯通东西，东至渭南，西接宝鸡，仅供小车与人通行，路是一条黑色的飘带，延伸于绿树鲜花中间。随着晨练的人群慢跑，左边是葱翠芦苇戏清流，觅鱼水鸭频点头。右边是奇花异木成园景，亭廊墁道多健影。过古安阳渡遗址，见一四角亭，名为南安亭，噢，此地原是南安村旧址，有很多故事的景点。迎着朝阳绿风再向西行，过秦都桥，又见河边一小亭，名曰望贤亭，是针对河对岸而起的，渭河南岸就是传说中的文王访太公的钓鱼台遗址。亭在河边小园林东头，坐在亭里西望，翠竹婆娑、繁花似锦处那是两寺渡公园，出公园穿过观景路，则是渭河湿地公园，顺湿地红石漫道西行二三里，眼前豁然，黄灿灿的一线金沙滩。

寻根

六队

你若提起南安村二组,很少有人知道,你说六队,老幼皆知。上了出租车,告诉司机到南安村二组,司机会一愣神,你说就是六队,他马上反应过来,好呐。

六队不是企业也非部队,既不是小区更非单位,乃是一个坐落于中华路边不大的城中村。当然,不仔细找,你就是在中华路上转十个圈,也看不见六队的影子,许多房客反映,初来乍到,上街买了个东西,回来就找不到六队村了。这不奇怪,因为六队这个仅有两条街的城中村,愣是被偏转生产区、二区和四区三面合围了,唯一的西出口也被金山公司和市教育局给堵住了。好在南北三条窄窄的通道连接了中华路和渭阳路,让六队与繁华世界互通互融。如此隐秘,直接导致前几年的城中村拆迁热潮愣是绕过了六队,让六队村民白白地自作多情了一番,结果是把个风光满园的庭院改建成了地牢般的窑洞,宽敞的街道被延伸的民房挤成仄仄的小巷,从此,六队人过上了水深火热、人心思拆的日子。

其实,六队人有过 36 年的阳光生活。20 世纪 70 年代,由于渭河岸常年崩塌，当时的安村大队革委会决定，沿河而居的六队集体搬离河岸，迁居到村北二里半处的北安村与西阳村中间地带。新建的六队仅有一条街道，两边是清一色土木结构的人字顶大瓦房，统一材料，统一风格，统一高度，统一的院墙和拱形土门洞，崭新的六队街景，很快成为安村大队乃至方圆几十里人皆羡慕的新农村。环境改变后，六队人的生活习惯、生存观念、思维方式和行为准则也随之发生了改变，渐渐地与南安村的其他三个队的人有了明显区别，心胸开阔，包容随和，思想活跃，举止文明，六队人终于走出了"烂安村"的困境。20世纪80年代，六队村民住宅向西逐步扩延，期间，土木结构的房屋逐渐被砖混结构的平房所取代，直至90年代末期，六队村南边又增建了一条街，住的都是清一色的年轻人，所以，住宅都是两层乃至三层的砖混结构的楼房，村民住宅由最初的55户增至110多户。进入21世纪，村民的经济收入大大改善，以前建造的平房早已被二层、三层、四层混凝土结构的楼房所替代，家家拥有30—60间不等的房屋租赁给外来打工和做生意的房客。此时的六队已非当初，随着工业发展，商业繁荣，城镇建设，市区规划，六队的大片耕地被征用，彩虹集团、偏转集团、金山电子、中华社区很快将六队包围起来，六队人趁此机遇，借力发力，集资贷款建起了自己的村办企业，建起了自己供水设施，通信线路，有线电视、网络宽带相继通入六队，六队人告别了世世代代的农耕生活，走向工业化城镇化迈进。

21世纪初，小楼相连，街巷平坦，商铺林立，日夜喧嚣，万花筒似的六队，房客人数是本村村民的百倍。村西头的低水壕被填平后建起了女子楼，专供本村出嫁的女子们居住。就此，六队彻底解决了村民住房的问题，完成了六队村貌的最终型制。六队人业已走出工业化模式，步入逍遥自在的房屋出租的商业化时代。

自从中华路帖村而过后，大型社区，机关单位，金融企业，医院学校,商业网点,服务行业,新闻媒体,酒店商城相继落户六队周围,六队成为咸阳市内最小最隐秘的城中村,人称小香港,可麻雀虽小,五脏俱全:购物看病,吃饭理发,保健理疗,休闲娱乐样样具备。房东房客和谐相处,村内外界步调一致,幸福感洋溢于六队人的身心。

不该的是,2010年—2013年的那场拆迁风潮,彻底改变了六队人安逸阳光的生活状态。为了多拿拆迁款,村民们把院子里所有的空间都建成了房屋,凡是透光的地方一律盖严盖实,这是符合当时政府拆迁补偿政策的。然而,从拆迁风起到风止,政府从没提及六队拆迁的话。民间流传的理由是六队太隐蔽,政府还没发现。六队不临街,开发商嫌建不成商铺,无利可图。虽是自圆其说,但也似乎有理。总之,居住环境的恶化,使得房客锐减,店铺关张,街巷冷清,繁荣不在,六队人自此深陷于无期的郁闷和等待。

"闹"新年和"度"春节

寻
根

大年三十的午后，农村的大街小巷充溢着新年来临的冲动与喜悦。当家家户户的大门框张贴上宽大的红色春联，门扇上安顿好威武的门神，门脑上悬挂起两只大红灯笼时，按捺不住的孩子们开始燃放起零零散散的炮仗。中国红飘满整个村庄，浓浓的年气如约而至，过年啦！

夜幕降临，除夕的夜非同往常，是一年一度最诱惑人的夜，橘红的灯光暖和了疲惫一年的街巷，炮声中灯光里，穿梭着手拎礼物拜门中的年轻人和小孩子(给爷爷奶奶、叔伯婶娘拜年)，这个礼节一直要持续到大年初一中午。年夜饭是过新年的高潮环节，远道归来的孩子们围绕在老人周围，子侄晚辈一拨一拨地送来新年的祝福，窗外烟花爆竹激荡人心，屋里杯盏频举情灼意醉。大家大户的年夜饭两桌三桌已属常态，各种话题在欢欢闹闹中交流着争执着迎合着，孩子们排队给爷爷奶奶、父母叔伯磕头讨要压岁钱，大人们乐颠颠地挨个儿散发红包。饭香、酒香、糖果的甜香夹带着硝烟转化成独特香味把一个除夕之夜渲染得情意绵绵，醉意浓浓！随后的初二到十六便是新老亲戚的相互拜年与追节,各村锣鼓社火的串村表演,把一个正月闹腾得有声有色,红红火火。这就是名副其实的大过年,呈现出吉庆热闹的中国年的浓烈气氛。

然而,城镇化进程使得村庄一个个相继消失着,农民进城上楼了,上楼后的第一个新年就给他们留下了失落的记忆。他们上街采购年货,面对着那些宽大喜气的春联发呆而留恋,单元房的门小了,门框窄了,贴小春联都成问题啊!那一幅幅大气威风的红春联让他们心里闪现出第一个失落感:别了,喜气洋洋的大春联;别了,威风八面的门神;别了,吉祥如意的大红灯笼……夜幕降临,小区不允许燃放烟花爆竹,寂静如常使得他们的心里闪现出第二个失落感:别了,欢天喜地的鞭炮;别了,激动人心的二雷子;别了,绚丽满天的大礼花……年夜饭的大桌换成了小桌,围坐的仅仅三五家人而已,侄子侄孙们频频电话短信拜年,没有温度的昙花一现,令他们的心里闪现出第三个失落感:别了,延续了世世代代的祭祖仪式;别了,儿孙满堂的喧喧闹闹;别了,觥筹交错的热闹场景……年夜饭也显得缺滋少味,老人不时揣摩着怀里的一沓红包,自言自语:"省下了,往后都省下了,这年越过越没劲了!"这就是城里的小过年,只有形式上的节日,没有实质上的气氛!

自从有了城市,过年对于中国人,就有了二元化形式,大过年与小过年。农村人大过年,讲究一个"闹"字,大过年大气势大闹腾,传统的年俗在这儿被完完整整地传承演绎着,过年的气氛是无可排演和替代的。城里人小过年,讲究一个"度"字,单元房门一关,三口五口人伴着年夜饭伴着电视欢度春节,没有大气的春联和威武的门神以及吉庆的灯笼,而屋子里却挂满了红色的中国结和吉祥物;不放烟花爆竹,厅堂里却响起喜庆的音乐;不见晚辈承欢膝下,电波网络一样传递暖暖的亲情;缺少了旺旺的人气,春节晚会渐渐地让人心归平静。这种含蓄的年气一如陈年的醇酿,一样会令人心旷神怡。

  无论居住环境、生活条件、个体情绪怎么改变,可永远不变的是过年情结。年是中华民族永恒又崭新的节日,中国人为了过这个团团圆圆的年,不惜跋山涉水,昼夜兼程甚至付出生命的代价。为此,过年绝不会像个别数典忘祖者提议的那样,春节应该淡出传统节日之列,它将成为国人集体的记忆。

寻根

吃面，说面

不时地在电视机上看到一则广告，宣传什么，我没记住，只记得
一位女子尖声细气地喊着"吃面，吃面"。每每听到她叫吃面，我的肚
子就犯贱，空落落咕噜噜响，饿呀！很想立马就端起一碗油泼辣子
biangbiang 面，它个酣畅淋漓。想归想，"夜不加食"的教条不能违背。
于是就泛泛地思想开来，可主题仍离不开面。回忆自小至今吃过的
面，最初是母亲做的韭叶面、旗花面、刀拨面和裤带面。后来在外面
吃过的扯面、棍棍面、揪面片和细如线的拉面。而今常吃的便是我爱
人做的麻食面、豆子面和卤面。

外地人只知道陕西的 biangbiang 面。秦人呢，则喜欢油泼辣子扯
面（名副其实的 biangbiang 面）和油泼棍棍面，一大碗既实惠又实
在，顶饱。除此，各人也有各人的最爱，比如我就喜欢干拌韭叶面和
干拌菠菜面以及麻食面，前者是母亲的擅长，后者是我爱人的特长。
记得少年时，母亲站在案板前神情专注地和面揉面醒面擀面劖面，
一系列动作下来不急不慢，章法有度，整个程序结束后，案板面盆干
干净净，就像一位画师在完成一幅巨制。我深受感染，就向母亲学，

母亲也耐心教我:和面讲究"冬溜溜,夏牛头"。就是冬天气候干燥、空气寒冷,面易凝结,因此面粉里水的比例要偏大,面就和得软一些,再结就刚合适;夏季气候湿润,面易随软,紧和慢和面就软溜溜的,所以,面里水的比例须稍小些,面和得硬才成。揉面要有劲,力气大揉得才匀和,面团的内质就细腻,正所谓"打到的媳妇揉到的面"。这是一句玩笑的比喻;醒面很重要,时间太短面不筋道,此环节不可马虎,否则面一出锅,调料配菜再好,吃到嘴里面不筋道,不爽滑,没面香,还容易坨;擀面也有学问,必须一擀杖追着一擀杖转圈儿地擀,如此,面才会擀得薄厚均匀圆满。我始终醉心于擀面这一环节,尤其是在面擀好后,用擀杖挑起圆圆的面页,展晾在光线里,看面页透着柔柔的光晕,成一面半圆形的黄月亮,无一处暗光,就倍生成就感。但我还是学艺不精,母亲一直是用刀剿面,贴着擀杖剿出宽窄均匀的面条,而我至今仍不会剿、只会切,把面卷在擀杖上,纵向一刀剿开,然后切旗花面、刀拨面或麻食面,抑或把面页折成条状,

一刀挨着一刀切宽窄不一的长面条。亲戚们都说我得了母亲的真传，只可惜不会剷面！我依稀记得我舅我姨我姨夫他们数十年来，只要想吃面就组团来我家，一进门就喊着要吃大姐擀的面条。我堂兄到处宣传他二妈擀的面好吃，每谈一个对象就领来吃一顿擀面条，以示炫耀。

近十年来，我的好多朋友一到我家，别的不吃，单点麻食面或豆子面。我爱人擀面条的手艺欠佳，做麻食面却轻车熟路，很精到。她做麻食面的特点是在配料上下功夫，所以饭一出锅就鲜香四溢，可口可胃。记得2007年春，原咸阳博物馆馆长、书法家李宏涛老病愈出院，我陪大篆名家刘德昌老去他家探望，老人独自在家，说保姆请假回老家了。我们聊到近午饭时，我问老人家午饭咋吃？刘老说："咱们陪李馆长出去吃吧。"李老呵呵一笑说："保姆做好了包子，烤箱一烤就成。"刘老说："刚痊愈，这咋能成！"李老看看我问："英歌在家干啥呢？"我说没事，老人说："不妨请她来给咱做一顿麻食面……"我立刻反应过来，说可以啊，完全可以！就打电话叫来了我爱人。她顺道买了所需蔬菜，不到两个钟头，一顿热气腾腾的麻食面端上桌，吃得两位老人心满意足，滋润舒坦。李老发自肺腑地说："终于吃上热汤饭了！"豆子面就是先把红豆煮熟煮烂，但汤一定要宽，待豆子汤沸腾后，再把刀拨面下进去煮三滚，再下菠菜煮熟，然后加调料和炒葱花，此刻，豆香、面香和葱花香混合成独特的爨香，不得不令人垂涎欲滴。总有那些亲友每见我就提议："哪天去你家吃豆子面吧！"

面香秦川，遍及三秦，誉满华夏，这应该是秦人的自豪和信心。可山西的刀削面，四川的担担面，兰州的牛肉拉面等等，遍布全国各地，声名高远，而保守的秦人只满足在家门口品麻，使得中国"面食之乡"榜上总是缺席陕西，不能不说是一种憾事。中国面食怎能缺了陕西呢？！在地方特色饮食这一块，我们还得付出相当大的努力。

爨香无比糁子面

糁子面真香！每回吃糁子面我都不由自主地由衷地感慨，恨不得把一锅饭全吃了，因为那独特的香味实在令人难以抵御。糁子面，关中独有的农家美食！

谁知道糁子面？谁又见过糁子面？哪个能描述糁子面是怎么个香法？我敢说大多数人没吃过糁子面，那就是他们的遗憾了。

糁子面是一种极平常，做法又及简单的面食，农村人把它叫"麦秸和泥"，麦秸指的是面条，那么糁子就是泥了，多接地气的一种家常饭。薪火相传下来的农耕时代的产物，是先辈朴素的厨房技艺，仅仅只是一种家常饭，可那独特的爨香和实惠的食材便是巧思熟虑后地一挥而就。不借山珍海味捧场，不靠飞禽走兽助阵，不必煎炒烹炸烘托，更不用百味调料提携，只是随手舀一碗苞谷糁子撒进开水锅里，搅匀了盖上锅盖让它文火慢熬，案上便展开了和面揉面醒面擀面劙面条的系列太极活。烂葱花算是画龙点睛之笔。糁子粥熟了，面条纷纷下锅，菠菜点缀增色，面条熟了，盐和烂葱花入场剪彩，一顿香喷喷的美食呈现。切记要领：糁子粥一定要稀！面条必须薄而细！梢子菜最好是菠菜(菠菜不出水,可保持糁子面的黏稠)！饭里只调烂葱花和食盐！否则就会出现生面疙瘩味道偏,嘴像嚼了泥团团。

有回,几位朋友来家吃饭,点名要吃糁子面。我爱人出于好心,给里面添了一勺肉哨子,不料,饭端上桌,完全没有了苞谷和麦子浓厚的禾香与烂葱花那独有的萱香,肉的油荤夺掉了糁子面特别的爨香味道、粘香劲儿,大家闷头吃着,但从吃相看,没有了以往的馋样,分明是对付着吃嘛！糁子面是地道的农家饭,可也是地道的关中名食,虽粗俗可也娇气,它只喜欢青白二色,习惯了以葱花和盐为伴,不允许多余的一菜一粟。糁子面的味道是纯粮食自身的油料和糖分熬出来的,再加上菠菜、烂葱花、食盐生成的自然香,独特无双。犹如一篇精美的短文,根本不需要华丽辞藻的渲染与修饰。

糁子面是关中民间食谱上的特色,是夏秋两主粮联袂的结晶,是秦人清清白白做人、踏踏实实做事、简简单单生活的写照。

烧炕

　　昨晚做了个梦，我在烧炕，母亲坐在炕上叫我，我应，母亲让我别再填柴了，炕都被我烧 jiao 了。一梦醒来，天已麻麻亮。我爱人买早饭回来，说下雪了，而且很大。我一愣，难道母亲托梦是告诉我这事吗?

　　母亲梦里说我把炕烧 jiao 了，这 jiao 的意思只有关中人知道，就是太烫，火过头了，几近烧着的程度。那么，这个 jiao 字到底怎么写?我查阅了字典，最后拟定了这个"焦"字。字本义:火苗尖头。引申义:集中火力加热于一点。转义:加热过头，被加热的物体碳化。组词:焦炙、焦灼、焦急、焦渴等，基本符合炕被烧过头的特征。就此，我想起了儿时的一个大雪天，一家人吃过晚饭在炕上听收音机聊天，母亲突然说她忘记煨炕了，让我揽一笼子麦糠把炕一煨。我应声出去，揽麦糠过程中，我突发奇想，若给麦糠里加一些棉秆，后半夜就不至于火尽炕凉了吗，于是，自作主张依法而行。我们睡着没多久，妹妹一声惊叫，把大家都呼醒了，父亲忽地坐起:炕咋这么焦呀?!母亲急忙翻起被褥，惊诧道:"快都起来，炕着了!"我迷迷糊糊地靠墙坐着，看母亲忙着挪被褥，父亲用水浇灭冒火星的炕席，母亲边忙边问，强娃给炕洞填啥了？唵唵?! 我说加了一把棉秆。父亲气愤道："你是烤肉吗，还加硬柴！你妈也是指屁吹灯，指猫念经哩。"我们后半夜是贴着墙挨到天明的。

说起烧炕，的确是有技术有窍门，一般农村妇女都懂得用柴之道。麦草一类的穰柴不行，你就是烧一背篓，炕也只是个屁温子；你若架棉秆、树干之类的硬柴烧，就会像我那样把炕烧着；烧炕最适宜的柴火就是玉米秆、玉米芯子，柴质刚柔相济。在火尚未燃尽时，用一笼子软麦糠捂住，麦糠性坦，一点点印着，慢慢保持着火种的存在，一夜就这么让炕温不焦不凉。烧炕这活性慢性急人都干不了。

每至隆冬，日暮时分，饱含着五谷香味的炊烟褪去之后，薪火香烟又把村舍笼罩在苍茫的暮色下，家家户户开始烧炕了，这是农村唯一的供暖方式。此刻，平林漠漠间的小村呈现出一派水墨画的恬静与温闲。老婆孩子热炕头在此季，更显无限的诱惑力。

寻根

童年的柳笛

春天的河岸,坐着一溜孩童,一支支柳笛,吹亮明媚的阳光,吹柔和煦的清风。

那一支支柳笛,是我们童心的创意与发明。在柳枝吐叶挂絮的季节,爬上春风荡漾的树杈,选一条壮壮直直、无瘢痕少芽孢的枝条,轻轻地折断,用小刀分割成儿截,双手捂紧枝节就那么左右对拧、对拧着,青嫩的树皮与牙白的骨干慢慢地被剥离了,树皮剥离成一节节完整的小管儿,那空心的管儿便是柳笛的毛坯。正面三个眼儿背面一个眼儿的一个个地在管体刻圆了,把管儿的一头儿捏扁刮去绿皮,含在唇间,趁着劲儿,匀着气儿吹将起来,脆亮的乐声飘出,明快的节奏在水面上旋转几回,一个跟斗一个跟斗地串向对岸,惊飞一窝窝水鸭子,一群群白鹭,在蔚蓝的天空翩翩伴舞。轻柔的风,喜滋滋地贴上来,在我们的脸上、脖颈上,手腕上,脚腕上细细地抚摸,细细地轻吻,我们被春天疼爱着,我们也爱上了春天!

无忧的童年,智慧的童年,儿时的我们总是沉浸在自我发明与自我游戏的世界里,我们发明着快乐,享受着发明,不费一分一文,既开

随手掐根青柳枝
窃喜抵嘴试笛声
偶见春燕剪云飞
柳笛一鸣意更浓
山岚即兴

寻根

启了智慧又开发了潜力更培养了能力。从那时,我们就为自己开掘出一眼智慧的源泉,这就是我们这一代人得天独厚的优势,一生都受益匪浅。

短短的一只柳笛,今天的孩子闻所未闻,见所未见,短短的柳笛只留在我们记忆的童年,随时都会吹奏起怀旧的集结调,提醒我们带上子孙,从柳笛的故事出发,做一次创意与发明、制作和享受的童年之旅,去追寻纯粹的童年,那里除柳笛以外,还有迎风旋转的风猎猎(风车)、骑在线绳上奔腾的跳马、背不完的火柴盒、喝醉酒似的飞旋不倒的猴子(陀螺)以及漫天飞翔的纸风筝。

短短的柳笛吹响的不单单是明快的春风,还有我们的童心。

人是钱的身外之物

钱财乃身外之物。

这句话不知谁先说的,更不知从何时起已经成为用来开导人、安慰人、解脱自己、开悟自己的唯心名言和开心钥匙,似乎合情合理亦颠扑不破。其实,这句话恰恰违反了常理,大错而特错。

我认为:人才是钱的身外之物!时间是最权威的论据,时间证明了钱财怎么也不能算作人的身外之物呀。人类历史上自从有了钱币,数千年来,钱币站不更名坐不改姓,一直被人类崇拜和追逐着,钱币犹如一颗不老不朽的参天大树,而人呢,就是那树上的叶子,一茬茬地生又一层层地落,青青黄黄不知多少轮了,扎根树身,由嫩变壮,由壮变盛,盛极而衰,衰了即落,没有一枚叶子能永恒地结在树上,如此的结果,叶子算是寿终正寝了。然而,在每一轮的生命过程中,不乏一些过早凋谢的叶子,它们都是一些生病的叶子,它们免疫力低下,自制力极差加之又贪得无厌,这些叶子们啦,怎就不知道水满则溢、月圆则亏的定数呢!它们失去理智地一口就吞噬了上天为他安排下的、用一生的时间才能消化掉的食物,认为如

此方可增强自己的生活质量，提升自己的生命价值，促进根脉的良性发育，根深脉壮了就永不会落！结果呢？透支的结果自然是夭折。

人们就因为把这个道理搞反了，所以才给自己随时透支生命留有回旋的余地，身外之物吗？要与不要皆可，我是主题，决定权在我，对于贪婪成性者、人穷志短者必然活得心不由己、言不由衷、抑郁而苦累。诚然，钱是人生存的载体，人一出生就附着在钱这棵大树上了，衣食住行都靠钱这棵大树上的一鳞一甲，你就别说没钱照样活，一旦坚持你这一观点属于真理，大树就会毫不犹豫地把你抛弃，结果可想而知。为此，我们只能说，我们需要而不贪婪，我们饮食有度，我们量力而行，我们遵循自然规律，我们决不强取豪夺，我们最好作一枚自然枯黄的落叶，成为大树的又一枚身外之物。生不带来，死不带去。

寻根

清明柳

柳就那么一根柳,在绵山的焦土中,在碳化的母体上,在清明的雨水里顽强地复活,她是浴火重生的凤凰,她是涅槃新生的春光,她是忠孝仁义生生不息的力量!

就那么一根柳,插遍了秦汉的河堤,染绿了隋唐的原野,柳啊柳,除了报道春的信息,剩下的皆是无尽的忧伤、楚楚的哀思和那无奈的别离……

柳是人的魂,柳是神的影,柳在民间是不祥的植物。折柳不为弄春而是寄情,伤悲时折一枝柳条念故人,随之头脑清静,心思澄明,那是故人幻化为头顶三尺的神灵在为你加持,在把你引领,迷茫的你呀,终于脱离混沌。

前不栽桑,后不栽柳。是唯心的咒语,还是主观的杜撰,千百年来寓意微妙,玄之又玄。

就那么一根柳,在浪漫的诗行里常青,在诗意的画卷里不朽,在抒情的曲子里永远地春心流动。千年吐绿,千年鹅黄,千年婀娜,千年牵挂,千年依依不舍。柳啊柳,思念的载体,你注定飘不出幽怨的粉墙……

凤落乾方

凤落乾方,因为乾方有她魂牵梦萦的太阳,这轮烈焰熊熊的太阳是数千年前那十条火龙之一。忆往昔,那十条火龙曾将自己蜷缩成了可滚动的火轮漫天耀舞,坤宇惊慌,一朝怎存二主! 一天岂容

十日！后羿拉动巨弓一箭箭地射落了九轮,其中一轮降落到了南赡部洲的李家祖庭。

　　几千年过去了,这轮太阳忍辱于虎狼之间,蛰伏于静默平川,韬光养晦,只等待能衔日飞天的凤,他坚信这凤终会熠现。那只凤啊,之所以姗姗来迟,那是她的羽翼尚未丰满,她需要真人点化,她需要突破裸茧,她需要光与露的泽被,她需要隐忍历练,她需要养精蓄锐,她需要身份置换,她在蕴蓄一举衔日升天的力量,她必须拥有百倍的信心和十足的把握。为此,她不惜割舍骨肉,她不惜背负咒怨,甚至万世的朱笔圈点。她知道那些与她的使命较之,不过污渍锈斑而已,火龙腾起之时就是残渣剥落之际。每当想起这一时刻即将来临,那凤之眼啊就欣喜若狂,昼夜难眠地穿越黄河,穿越秦岭,穿越渭水,穿越莽原地眺望乾方。

　　她想念亦忌惮那个洞天察地的袁天罡,他既然点化了她,何必又要挥舞剪刀削剪她那即将鹏程的翅膀?！他的愤然离去,也许是为了寻找更具光芒的太阳。

　　她是在乾陵建设工地上,偶然发现这轮太阳的。

　　这轮太阳虽然通体烟火之色、薪麦之味,却辐射着道道光芒,任何云霾都无法遮挡的光芒,这是上苍的安排,这是天父的旨意,任谁也违背不得。要么那些只会破石持刃的兵卒与民夫何以巧手云地用最普通的头盔烙出最上神圣的太阳,难道这些衣衫褴褛的夫卒是天宫星宿的化身?他们是在暗示凤:真正的太阳仍然升腾于李唐。凤知道,凤已寻他千百度了,这是一次注定的相遇,一次惊心动魄的相遇。凤开始了十余载的等待,迫切地等待自己涅 的日子,那时真龙便会浴火重生。

　　寻见了太阳,看到了那先导的朝霞喷薄之势势不可挡,神凤心灰亦心喜,一枝一丝编垒起来的巢穴即将易主,如何甘愿！好在当初她呈祥时,把巢筑在了千里之外的洛水之阳,有意无意地削弱了

寻根

鸠占鹊巢的负面影响,她知道,那条真龙注定与她血脉相融,筋骨相连,魂魄相系,灵犀相通,那是她寻觅了一生一世的真龙!

　　洛水之北,九州之中最终给她留下的只有盛艳的牡丹,那是一团团吞天覆地的烈焰,是为真龙重生而燃烧起来的烈焰。公元705年12月16日即神龙元年,丧钟响彻东都洛阳,悲声压满上阳宫阙。俄顷,一阵阵凤鸣起于烈焰之中,刹那间,晶莹剔透的凤之魂,仪态万方的升出火海,翩翩然飞过黄河,飞过秦岭,飞过五陵原陨落于媚态陡现的乾方,二水盘绕的乾陵,在笙簧钟磬声中,在霞光万道之间,变幻着,梁山高昂起傲慢的头,乳峰山挺起丰满的胸,美穴地瞬间形成,龙盘凤翥的梁山随之又得一名:姑婆岭。

　　东方之都长安,雄壮的鼓乐声惊天动地,八百里秦川的上空,彩云瑞鹤高蹈,五洲万国朝贺,礼赞凤之涅,恭祝真龙归来。

寻根

香消马嵬

　　这香源自兴庆湖畔的牡丹,这香源自骊山脚下的温泉,这香也源自岭南那晶莹滑润的荔枝,这香总有几分挥之不去的妖艳。千娇百媚的柔香,迷得君王不早朝,也迷得郡王走险招,安禄山果真就相信自己能一举成功? 鬼迷心窍呀!

　　迷住了自己也迷惑了对方, 此时的天宝皇帝只识得羞花美人儿玉体上的香穴,哪知道还有谁能提兵勤王,恐慌之下,无计可施地选择了出逃,尘嚣迷断咸阳桥。官不像官,兵不成兵,一路跌撞拥挤而行怎能速离险境。紧迫与恐惧、无奈与哀怨之间,祸根自然在官兵们的脑海迅速地放大,祸起于谁,自不必问,杨氏兄妹大难临头。前面就是马嵬驿,驿站是疲惫的双脚小憩的天堂,有时也是身首异处的地狱,驿站可以歇脚,也能生出是非。陈玄理的思路早就明晰了,太子已给他指明了方向。他必须在此向杨氏发难,谏天子舍车保帅。突然,马嵬坡前,六军不发,君旨失威,万难之中又一难难倒三郎和玉环,催发数道仍不进,却传奏折要清君侧。悉数条条皆有根,痛陈款款无虚言。城下之盟也好,乘人之危也罢,当断则断才不致再遭其乱。杨国忠身首异处，羞花美人香消佛堂。

马嵬坡是开元盛世的终端，杨贵妃是马嵬历史的肇始。

从此马嵬坡奇香四散，贵气盈盈，骚客多如蚁，尘埃贵如金。

端端一个盛世唐朝无端地遭遇桃花之劫，这是天意么？妖艳的迷香谁能抵御！何况性情浪漫的李三郎。马嵬，原本并不起眼的一个以故汉将军姓名命名的驿站，突然间就红运降临，来不及准备来不及承领，浩荡皇恩就匆匆地扔下一堆乱麻似的贵气四散而去，这堆贵气让马嵬一夜成名，让马嵬梳理了近千年，至今也没梳理明白香消马嵬那些事。

寻
根

南安亭

寻根

南安亭坐落在什么位置？这是我针对南安村村址提的问。南安亭应该在当年南安村的哪个方位？ 我仔细地左顾右盼，前端后详，大概确定了它就在村西南老槐树旁、三言堂门前。如若不大走向，那就巧了。庙毁亭立，也算是给三言堂的诸神们一个交代，从物质上是一种置换，从精神上是一种延续。尽管茂盛了五百年的老槐不可复活了， 毕竟这南安亭可以给南安村许姓后裔祭祖提供准确的方位。

想当年渭水湍湍，田野葱葱，南安村从五百年前的两户人家，繁衍到今天五百多户，又是一种巧合。这种巧合成为了南安村命运的定数，随着城市的建设与城中村改造的推进，南安村在轰轰烈烈的开发浪潮中消失了，最终隐没在高楼林立的喧嚣中。

南安亭之前的那座三言堂，乃是道家文化与法力的辐射中心，每年中秋节，三言堂都要举办庙会，方圆十里的信众和百姓都纷纷汇聚于此，他们主要是来看伐角子，这可是庙会的主题仪式，是一个令人惊心动魄场面。电视连续剧《白鹿原》里有一场祈雨戏，与三言堂伐角子情景一模一样。火中取铧，那铧可是被火烧得透亮的铁器，顶了陈爷的角子手捏了一张黄表，愣是抓起红彤彤冒着青烟的铧，庄严地走向庙堂，千人钳口，万人不语，除了惊愕就是肃静！只有那棵沧桑的老槐树发出唏嘘之声，它是看透了世事的老树精，五百年已是修炼得道了。当年，它可是被许家两兄弟当作家的方向标记，移植在此的，它是南安村许氏一族繁衍生息、发展壮大过程的见证者，可惜没有语言功能，于南安村人，不能不说是一个遗憾！

南安亭坐落在渭水岸边、生态健身园中，绿树环绕，曲径交汇，玄武方紫藤架为户，朱雀方景观路贯通，南安亭的建立与命名，让失去家园的南安村村民心里多少有些平衡，毋庸置疑，南安亭已然成为南安村的一个缩影，最终，它将成为南安村许姓后裔拜谒的图腾。

寻根

注定的缘

午后,我们相约去渭河湿地摘荷叶、捕鱼。到达目的地后,发现千里荷塘已是枯蓬残叶,莲子落地,我们直呼:老朽昏聩矣!咋就忽略了初冬季节还能有浓绿团团的荷叶吗?!

既来之则安之。没了荷叶可摘,那就拣莲子,拣着拣着,我看见那些干枯的莲蓬,昂扬在劲直的荷梗顶端,散发着一股倔强的神气,阳光照射下又显出千年古董那高贵的质感。我放弃了莲子,选择品相端正、形状独特的莲蓬,拦腰采得几支。大家见状,纷纷效仿。给家里添置一样原生态、不花钱的工艺品,也算是不虚此行吧。

下一个节目就是捕鱼。选良用了一个月时间研制成了这个捕鱼神器,我们在安装过程中发现少带了两样配件,也就是说,这个节目还没开场就宣告结束了。

大家悻悻地收拾家伙准备撤离,突然,有人发现河水上游漂来一只水鸭子,大家定睛一看,确实是一只灰白色的水鸭子,它似乎在拼命地向我们游来。云丽断定说:它受伤了!安良急忙走近水边,弯腰伸手救起鸭子,轻轻地放在草地上,刚刚还能游泳的水鸭子瞬间

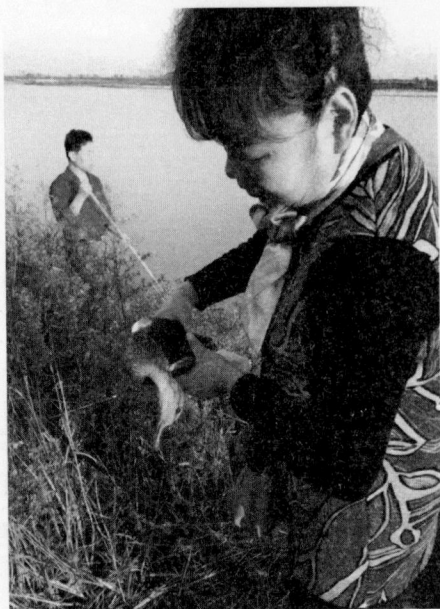

就奄奄一息了，嘴里吐着白色的黏液，翅膀扑腾了几番便歪倒了头。我们一时手足无措，除了同情和心疼便是无奈，云丽和小娟直为自己无计可施而自责，同时愤愤谴责弹弓帮的冷漠！多么灵性的小生命呀，在自己将死之时选择了向我们求救，用尽最后一丝力气向我们靠近，完全不顾人类的残忍性，它是把最后的信

任托付给了我们，它想着即是死也不能漂尸河里，它在水里待得够够地了。这只灵性的水鸭子呀，它在死神降临之时天门洞开，它看见河岸边有佛光熠熠，那里就是它生命的归宿。

我在一块干燥的空地上挖了小坑，云丽面对小鸭子双手合十诵经超度，完后，她和小娟轻轻地将小鸭子埋葬了。我在想，下午所发生的一切难道是天意，假如有了荷叶，我们是不会在这个点上赶到这里的，假如我们不带捕鱼神器，也不会在这里逗留，注定一切皆是缘。

水鸭子生命最后一刻的举动告诉我们，生命体之间是可以相互信任，相互托付的！这信任与托付是建立在善良的天性与悲悯的情怀之上的。

范仲淹的自度

寻
根

《岳阳楼记》乃古文之大观。百读百新,令人观止。如此绝妙的即景生情的散文,竟然是作者仅凭一幅《洞庭晚秋图》感慨而出的,就是说,作者范仲淹作《岳阳楼记》前并没有去过岳阳,更没见过岳阳楼与洞庭湖。按理,一位作者在没有身临其境的情况下,是不能凭空虚构的。然而,范仲淹例外,这完全与他当时的历史背景有关。

北宋庆历六年正是范仲淹和滕子京的背运年,范公贬到河南邓州,滕公贬到湖南岳阳。试想,仕途受挫、时运不济的人应该是极其颓丧的,但在知识分子尤其是高级知识分子那里,则不然,往往是压力反成为动力,美酒与水于他们都是能源,满腔的忧愤也会燃烧成夜航的塔灯、一江的渔火、甚至漫天的朝霞。滕子京将忧愤的能量献给了重修岳阳楼事业,使得古迹旧制重现,名楼再起恢宏,自己留名千古。范仲淹把一腔忧愤化作精神符号寄予山水,成千古名篇。由"浊浪排空、山岳潜形、虎啸猿啼"进而到"波澜不惊、郁郁青青、皓月千里"。抒情思议的过程就是从忧转乐的过程,"先天下之忧而忧,后天下之乐而乐"。文将成,心胸顿开,宠辱皆忘,释然了。文以载道,也可度人啊!

往往人的情绪最低落,势运极差之时,正是人的灵性最敏感期,只要你抓住了这根引线,就会捣腾出意想不到的宝藏。万莫被负能量糊住了你的天眼,务必极力将负能量转化为我们重新起飞的燃料,这就叫化解吧,佛家称之为自度。

寻根

文竹我的云中仙子

像云像雨又像风，这是我喜欢文竹的最初缘由。

我酷爱养殖花草，尤其是观叶类。二十年前，我拥有了一座属于自己的宅院，终于可以为自己开辟一片小花园了，在两米多宽十五米长的花园里，我倾尽热情培养出各种自己喜爱的植物：无花果、石榴、柿子树、一叶兰、龟背竹、霸王玉、橡皮树、月季、文竹和武竹等。这些花草中，我最偏爱的是那盆文竹，每每看着它如临云雾间，文竹的叶丝丝绒绒很像一团团绿雾，而冠呢更像一片片云彩，静时婀娜处女般，动时飘逸仙子样，造型自然，如醉如痴，因而，我刻意把它摆放在花园

围墙最显眼的平台上,让文竹和其他花草树木一起给我的小院增添益然的生机。

　　一年的春夏秋三季,小院因花木而馨香四溢,我的朋友们一有空闲就不约而至,大家坐在花园旁一边赏花一边品茶,聊天下大事也谝家长里短,这样的理想生活只过了三年就到头了。要增建房屋对外出租,我们只得忍痛拆毁花园,树木类被别人移植回家,花草类被我植入花盆,一夜间大花园微缩为一个个小盆景,我心不爽,可也无奈。朋友都开导我说:花草养在室内有利于二氧化碳的中和,又可扮靓居室环境。

　　然而,事与愿违的结果终于显现了。

　　就在冬至那天,几位亲友应邀来我家吃饺子,他们发现我的花草们个个无精打采,灰不溜秋的。屋内灯光暗,大家就建议我把花盆搬到门外看看究竟,不看不知道,阳光下一看才发现花草们早已默默化作枯枝败叶,这些大半年不见阳光难遇风雨的植物们,就这么悄无声息的屈死了!我心痛,几天没有好情绪,也没力气处理那些潦草的花盆,一任它们堆挤在屋檐下。

　　次年清明节,家里来亲戚,吃过饭大家就坐到门口的阳光下聊天。妹夫看着那堆被冷落的花盆说,多可惜啊!忽而他又惊呼:哥你快看看,有一盆还活着!我急忙凑过去,看见蓬乱的枯叶下冒出丝丝绒绒的鹅黄,虽不苗壮却也蓬勃,文竹!就是我喜爱的那盆文竹!!这可爱的小精灵啊,竟有如此顽强的生命力!

　　有人说文竹的复活是我关爱的信息起的作用。我认同了,因为,在放弃那些花盆时,我留有一线希望,故此没有清理枯根和粪土,还特意把那盆文竹放在最里层。整个冬季,一想起那些屈死的花草,就心疼我的云雾仙子。不曾想他果真就随了我的心愿,看来应该重新给我的云雾仙子一个最恰当的比喻了:像云像雾又像松。它既有云雾的飘逸与婀娜,更具松树的顽强和坚毅。

秋,你是四季的交响

寻根

秋是一年四季中最浓重的季节,它将应有尽有的家底儿毫无保留地展示在高朗的阳光下。赤橙黄绿青蓝紫层叠相拥地向我们宣告:秋是四季中的"首富"。

秋知道,怒放之后复归平静这是自然的规律,不怒放那是自己不作为,不单是自己,就连春季夏季都会因自己的惰性而徒劳,春的激情生发、夏的蓄势增长不就是为了秋季接受盛大的检阅、冬季受到细心的珍藏么。秋,你是四季交响乐中三重奏,是本曲中的高潮部。

"晴空一鹤排云上,便引诗情到碧霄"。这凌空的鹤恋的是清澈的蓝天和似锦的白云, 它们无意中构成了秋高气爽的旷朗精致,鹤从浓绿的草坪上河水边,抑或寂静的树林里松枝上展翅腾空,唳声翩飞,它要俯瞰这秋日的壮景,不料,将自己变成了这壮景中的点景。

"等到红叶疯了的时候,我们就熟透了。"这红叶不单指枫叶。秋深了,伴随着果子的熟透,许多树种也将一头秀发熬得通红,那是从春天就开始孕育的情绪,它们一睁开鹅黄的眼,就为到达金秋而日夜兼程,180多个日日夜夜地奔波与向往,披星戴月、浸淫风雨,终于以诗意般迷人的霜红,成为秋天的名片。

秋水共长天一色,那么,秋水也是清澈的了,所以一眼就能望穿,但秋水已经没有了春水明眸似的单纯,夏水心跳般的激情,秋水的脸是平静的,清澈是指它的心境。历经风雨后的清澈是"曾经沧海难为水"的不惑,历经沧桑后的平静是"除却巫山不是云"的知天命,所以说,秋天的山光水色是丰富而厚重,宁静亦释然的,这也是人到中年的心理态势。

人越中年淡如菊。菊花是秋的季花,如四射的光芒,如金质的勋章,激活了即将老气横秋的形态,激励着我们奔向生命的下一个青春期。

寻
根

说鸟

寻根

算黄算割

"算黄算割、算黄算割……"

嘹亮的声音从天空划过，在麦田里盘旋，在村庄里回响，随六月的熏风没远没近地飘扬。

"算黄算割、算黄算割……"

不知疲惫的鸟儿，催得人心生翅膀，搅得风溢出麦香，煽动得乡村日夜慌忙。

磨镰嚯嚯，龙口夺粮。

这是农人一年最隆重的季节，三夏大忙。这段日子，农人的心悬在麦穗上，农人的眼追着麦浪，时刻紧盯麦子是绿是黄。他们没有忘记那对名叫"算黄算割"的老农，他的悲壮故事至今令人难忘。当年那些农人们若听从了老农的苦口婆心、声嘶力竭地劝导和呼吁，"算黄算割、算黄算割……"也不至于使得眼看到口的粮食，毁于一夜狂风之下。善良、智慧、热诚、仁义的老农面对被摧残的麦子，心疼至极，那一片黄灿灿、沉甸甸、香喷喷的麦穗呀！他急火攻心，一命呜呼，不甘的灵魂化作一只鸟儿飞向蔚蓝天空，发出嘹亮的鸣叫："算黄算割、算黄算割……"

"算黄算割、算黄算割……"对于固执者，这是常鸣警钟；对于慵懒者，这是耐心劝导；对于清明者，这是乡村歌谣；对于勤劳者，这是劳动号角。

算黄算割，现实生活中，你姓甚名谁？你何等模样？我从一生中只闻其声，未见其貌的鸟儿呀！我四处打听，各处查询方知你的英名，你就是不知疲惫的子规，你就是声声啼血的杜鹃。悲壮的杜鹃鸟儿，你可知道，你极其象声的四声鸣叫，在民间衍生出千年的传说、百年的故事。你的算黄算割给农业生产以启迪，给粮食保守以警示，你无形中把自己归于农耕文化的序列，民俗文化的目录。

布谷布谷

"布谷布谷、布谷布谷……"清脆悦耳的天籁之音，穿透了残冬雾霾的缠绕，划破了村庄清晨的宁静，跳跃在草色蒙眬的阡陌，盘旋于嫩芽如烟的春柳，也把你我带回了春意盎然、耕牛遍地的季候。

"布谷布谷"，四声一度，仅仅四个简单的音符，却意蕴丰富。仿佛天外来音，给人一种神秘莫测的感觉，那么动听，那么亲切，又那么令人难忘，能勾起你我无限的遐想。"布谷布谷、布谷布谷……"这是催春的杜鹃、吉祥的鸟儿，它是望帝杜宇的化身。杜宇可是历史上一位的开明皇帝，当他看到鳖相治水有功，百姓安居乐业，便主动让王位于鳖相，死后便化作杜鹃鸟，日夜啼叫，催促农人春耕的春耕，播种的播种……

"布谷布谷"，偶尔掠过城市的上空，渐行渐远的余音里，我静静地闭上了眼睛，乡村的田野河流、父母沟壑纵横的面容，还有那春雨蒙眬里的油菜麦苗,倏地浮现在脑海,深深吸一口气,我甚至闻到了嫩草扑鼻的清香,听到了禾苗破土的声音,看见了细雨追赶布谷鸟俏皮的样儿……

午夜歌手

鱼儿鱼儿,鱼儿鱼儿……

打着水漩而来,含着夜露而来,歌声是如此婉转润亮,穿透了浓密的森林,弹起一湖的涟漪,划破了都市的夜空,惊醒满城的睡梦。一会儿回环于水面上,一会儿远遁于山谷间,自由自在,欢快地歌唱。夜莺,你这午夜的百灵、原生态的歌手。你的歌声会惊醒人们的好梦,你的旋律会让人难以入眠,可你的天籁之音却不会令人生厌。

鱼儿鱼儿,鱼儿鱼儿……

喧嚣烦闷的都市之夜,夜莺的歌声渐听渐显,如一缕清风扫过,喧嚣与烦闷尽退,如一股溪流淌过,世界清澈而宁静。纯天然的音色,原生态的音律,能治愈人心灵疾苦的妙药,能驱散人脑海乌云的灵丹。

在安徒生的童话里,自然的本土的夜莺,不幸地被外来的机械的夜莺所取代,外来的夜莺是那么俏丽灵动,那么能歌善舞,她在国王和大臣们的眼里简直就是耀眼的明星。自然的本土的夜莺呢,在大家追捧外来夜莺的表演时,悄然地选择了离开,默默地飞回湖泊,归隐林间,继续她的歌唱。一日,国王病危,急需夜莺那清风、溪流般的歌声来驱散可恶的病魔,挽救他高贵的生命,外来的机械的夜莺却怎么也发不出灵丹妙药似的声效。危难时刻,本土的夜莺没有记恨国王的喜新厌旧,没有嫉妒外来夜莺的喧宾夺主,她用润亮甜美的歌声,唤回了国王远去的魂灵,她用原生态的正气驱散了国王体内的邪风,她用清明的心智康复了国王高贵的躯体,赢得了国王悔恨的眼泪,她阻止了国王要粉碎机械夜莺的行动。

鱼儿鱼儿……

久违了的歌声,难得再见的情景,亮如白昼的喧嚣之夜,夜莺一去不返。遗憾的心情,每到深夜就幻想着夜莺放歌于窗外,送一缕天外清风,期望一股溪流静静地注入我的心胸,涤除猖獗的浮躁和俗欲,滋润干瘪的灵魂,净化污浊的肺腑,健康我的肌体,提纯我的精神。就在这静夜里,让夜莺的天籁之音还原我理想的精神家园,寄托我一个长长的美梦。

寻根

说莲

去曼芦喝茶，茶座旁有一石槽，内聚清水，水养翠莲，团叶如扇，毛梗似蔓，花瓣像贝，新蓬犹如童子面，又恰似蛋黄奶酪做成的精美茶盏，乳白的花蕊簇拥一圈，仿佛婴儿眨巴的睫毛、香茗飘升的润气。我自言自语沉醉其中，阿梅走上前来欣赏，接了我的话说："这嫩嫩的莲蓬是莲花的眼睛，绒绒花蕊是眼睛的睫毛，我们在看它，它也在看我们。"我觉得阿梅的描述颇有诗意，阿梅说她最喜欢莲花童年的样子，纯真纯净，娇嫩娇美，楚楚动人，易滋生诗情。我则不同，我说我喜欢莲花的成熟期，叶色沉稳，花头饱满，莲蓬矫健，彰显生命的旺盛力和内涵美。一直在烹茶的曼娜，轻轻地呷一口茶，微笑说她爱秋天的莲，残叶如麻笠，枯蓬似铜盅，莲梗像老藤，有景致、有墨韵、有故事。

阿梅是诗人，诗人是从诗歌感性而浪漫的窗口展开唯美的想象，娇嫩娇美自然入诗；曼娜是书画家，发现事物，认识事物，解读事物，先入为主的当然是点线面了，在飞白墨影与浓淡墨色中理出画面语言与内在哲理；我生于农历六月，六月花神是莲花，莲花又名六月春,故而我天性爱莲,每当莲花旺盛期,便寻而赏之、读之、写之,以致这蓬勃的景致壮我胸怀,强我生命,润我文笔。

其实,以我当前的心理,是倾向于曼娜的观点,秋季老莲更有魅力。荷叶不再盈盈团团,被季风季雨摧打得憔悴不堪,如同落魄的老妪,灰发零乱,衣衫褴褛的垂首水面,可那仍是风雨中倔强的一把伞。日渐风干了的莲蓬,越发精神抖擞,筋骨瘦劲,时至初冬的莲蓬挺直着腰杆,昂扬着头颅,莲子爆出前,她很悠然;莲子爆出后,她很释然,不卑不亢。想这莲蓬在莲花的襁褓中时,所呈现给我们的是生命的圣洁与完美,与生俱来的贵气;在脱颖而出后,则展示给我们的是生命的力量与分量,天成地就的正气;在百花凋谢时,却馈赠给我们的是生命的价值与尊严,傲然铮铮的骨气。在莲塘枯蓬是不死的莲之魂,在书斋枯蓬是不朽的士之神,在茶舍枯蓬是不败的人之气。面对昂首自信或颔首沉思的枯蓬,人人都会投之崇敬的目光。

说蝉

寻根

总在我要离开紫藤园时才次第嘶鸣,我一看表,10点钟,懒懒的虫。

其实,蝉儿不懒且勤奋执着,它终生热爱歌唱,为之付出了自己悲壮的生命。他是昆虫世界里的荆棘鸟。

一次,在东云阁喝茶,我向朋友讲述了关于蝉的故事。蝉的一生是17年,而蝉的一生几乎都是在暗无天日的地下默默度过的。漫长的17年,它从卵进化到幼虫再进化到成虫,三个进化过程消耗去了它将近一生的时光,直到它用前爪击碎最后的"天花板",悄悄地爬出了它生活17年的地穴时,迎接它的是炫目的阳光。遗憾的是,上天赐予蝉的阳光生活仅仅只有几十天,这短短的几十天,蝉只做一件事,就是绽放自己的生命——歌唱。为此,它把自己所有的内脏压缩了再压缩,挤压在一个小小的空间里,然后,在宽敞的体内安装上音响,栖息于树枝上、绿叶间,餐风饮露,放声歌唱,一整天一整天地歌唱,被人类赋予"音乐发烧友"和"夏日歌手"之誉。歌唱是蝉与生俱来的事业,它为此等待了17年。

想这蝉儿蛰伏在一方净土里，孕育生命，积蓄力量，远离世俗的侵扰、纷争，淡定平和。虽不能直接享受阳光的灿烂，却透过厚重的泥土，嗅吸太阳的气息。值得庆幸的是，还可以躺在大地的怀抱里，感受真实的温暖。在静谧中沉思，让肌体更丰腴，孤独而不寂寥，漫长的等待，却因美好的希冀而不再难耐。17年的等待与希冀，最终换来的是几十天的鲜活与激情。当最后一声蝉鸣，伴随着落日的余晖一起消失在地平线上，又一枚小小的虫卵，被赋予了吸收大地、日、月之精华的权力，同时，也不可逃避地接受被埋葬的命运。虽不比凤凰涅、荆棘洒血的悲壮，却真正地完成了一次生命的蜕变。

寻根

无论是荆棘鸟还是蝉，它们多么希望整个世界都能够屏息聆听自己卓越的音乐声。因为在这高亢的音乐声中，它们的生命其实已经接近尽头……17年的韬光养晦换来的仅仅是几十天的惊人一鸣。这悲剧使我联想到了王宝钏，寒窑苦等了18年，却只幸福地活了18天，18年的等待，把一个深闺里养成的玉体熬成了一座情感男女崇拜里的图腾。

同样，敏感的人类永远不会忘记一鸣惊人的"夏日歌手"。

说病

　　毋庸置疑，我是一个病人。

　　世间疾病千万种，唯我的病儿最张扬，有人没人，不分场合，嗓子一痒就得咳，咳起来就一发不可收拾，咳得我红鼻子绿眼，明显地广告天下：我是病人。

　　遵医嘱，不要剧烈运动，保持静养。于是，我就躺在床上看电视，看到电影《地道战》时，我就想我决不能藏匿于地道里，鬼子一来，我这里一阵咳嗽，岂不全给暴露了，自己不是汉奸也会被怀疑是内奸的；看《邱少云》时，就庆幸自己不是潜伏队伍中的一员，否则，不停地咳嗽，定会导致全军覆没的，那我不成了千古罪人。看来自己只能加入冲锋陷阵的队伍中，搞不好还能用残缺的身体换来一个完美的英雄形象。常常被邀请吃饭，就常常犯难，去还是不去？担心突然嗓子一痒，咳起来怎么办，那不搅了人家一桌盛宴；接到参会通知也犹豫，会场是最安静的地方，写字的声音都能听得见，何况几声咳嗽，人家会认为你对发言者有意见，存心在捣蛋；还有坐公交逛商场，突发一阵咳嗽，会引来许多惊异的目光，时刻准备对我实施抢救的样子……为此，我暗暗地下定决心，尽量回避这些活动，少去这些场合，减少副作用。近日来，我的小孙孙，一听我咳嗽，先是严肃地瞩目，然后就学我样儿，咔儿咔儿几声，逗得大家笑不迭的，这无形中减轻了咳嗽给我造成的心理压力。看来，心态和环境也能治病。

咳嗽声是人世间最难听的声音，也非常地纠结人。

我咋就得了这个病！是前世的孽缘还是今生的报应，惹得上天把这个孽障置入我的体内，罚我后半生遭罪。两年多来，于外，摧残得我的形象日渐衰老；于内，消耗得我的体重不断减轻。逢人皆叹我瘦削，劝我抓紧治疗，急我所急，忧我所忧！我很是感动，为我拥有这么多的知心贴心、知冷知热的亲人和朋友而知足！这两年，他们提供给我的治疗方子就有一大堆，有的朋友直接介入和监督我的治疗，这令我和我的家人感动不已，这一个个药方、偏方包含着沉甸甸的友情和责任，时常令我潸然泪下。不就是一个小小的气管炎嘛，它能煽动起多大的风浪，能让所有的体内组织和它一起造反吗？我想不会的，只要我牢牢地控制住它的不良反应。

昨天，和楹联家波海兄、书法家曼娜妹妹聊天，他们仍在担心我的身体，认为我这样瘦下去不好。我呵呵一笑，自作打油诗一首：

亲友见我皆言瘦，我乃深秋一莲蓬。

枯劲昂扬无颓相，茶舍书斋亦峥嵘。

此诗是聊以自慰也是消淡友人的担忧，化解现场的凝重气氛，换来我们释怀的笑声。随即，曼娜润笔和墨，铺纸挥毫，把这首凸显积极主义精神和充满浪漫主义色彩的文字书成立轴赠我，与我共勉。这正是我必须具备的对付小小疾病的正确态度。

寻根

修行

　　"干活也是一种修行。"

　　几位好友喝下午茶,杯盏之间,话短意长。亦庄和许鹏因许鹏的一幅油画把话题引上了终南山。我就想起文友史飞翔给我讲过,终南山里有五千余隐士遍居大山深处避世修行。听我传达此信息后,就有人提议,退休了她也要卷起铺盖进山修行去,离开这尘嚣日胜的灰壳,到空气纯净的山水间过世外桃源的隐居生活。大家屈指一算,还早呢! 也是呀,这一圈数我年长,还不到五十岁,起码还得劳累十几年。于是大家都说,家务、工作、社会活动的确劳人,出家修行就免去此等繁杂差事了。美玉说:"其实,干活也是一种修行。"我一听,耳蜗一亮,整个下午,就这句话值得揣摩。美玉言之有理,修行不能局限于土黄色的围墙里、云苫雾罩的山水间,我们平常的生活本来就是一种无意识的修行,而且,这种修行虽主动却艰难,没有清规限制,也无戒律提醒,更无众僧带动,香蜡之烟无影,钟磬之音不在。整日围绕于身边的除了乏味的重复性劳动就是些教唆我们近贪、发嗔、犯痴的物质与精神的诱惑。我们随时都有可能因乏味而偷懒,偷懒就会使修行半途而废;我们免不了触犯三毒,或渴取一切顺境,或生气嫉妒,胸怀愤怒,或心智懵懂,颠倒妄取与修行背道而驰。我等凡夫俗子摆脱不了的虽是无奈而为的烦冗琐事,但它却是我们赖以生存,温饱生活的必行。就此,我们是否应该论道论道到底什么才是理想的生存、生活形式呢? 修行又是为了什么? 物质的丰裕和精神的富足,哪个是我们的最终所求?

一箪食,一瓢饮,在陋巷,是一种生活;乘豪车,着华服,居别墅,也是一种生活。问题是你的精神价值有多高,众所周知,高贵的精神不是物质所能独立支撑的。没有信仰的精神是病态的精神,精神和信仰皆无的人,物质上再富裕充其量只是华丽的躯壳、吞吐物质的躯壳,也可以称之为行尸走肉。世人都明白,没有了信仰,灵魂就无依无靠、无根无源,飘荡,就像一只断线的风筝。

天下熙熙,皆为利来;天下攘攘,皆为利往。利越庞大,精神就越空虚,日益强势的利会把一个人的纯真,善良,快乐,正气,思想和智慧一步步地掏空耗尽的,给你剩下的就前面所说的吞吐物质的躯壳,令人羡慕的躯壳。所谓盛名是附着在华丽躯壳上的,它也将会同躯壳闪存闪逝。

话题再由修行转到诗文,大家又谈到了李白的豪放,杜甫的深沉,苏轼的达观,海明威的苛刻和泰戈尔的真诚。与同时代富态的富贾相比,他们可是物质的瘦子,如今,谁又能记得那个时代的富贾呢? 事实证明,唯有精神才是永恒的,精神才是一个人生命无限延续的载体。精神又是凭借日复一日地苦修而壮大的,说来说去,人生还是绕不开修行,修行修行,行今世纯真之正气,修来世不朽之正果。由此,我们也就搞清楚了自己活着是为什么?

扫地力求一帚不虚,洗涤力求点污不存,为人力求随喜赞悦,处事力求竭尽全力,饮食力求简素饱和,出行力求安步当车。不慕虚荣,少争是非,多思善言,亲近自然,修行从这里开始,智慧与福报自在身边。

寻根

修道

寻根

　　茶过六道,洗杯换茶。我们的话题随之一转,有人问我:"佛家的六道轮回,是怎么一回事?"我向他做了简单的介绍:"客观地讲,六道是精神状态,不是物理空间。六道呢,可分为三善道和三恶道,三善道为天道、人间道、修罗道;三恶道为畜生道、饿鬼道、地狱道,其中阿修罗道中的众生福报极大,寿命很长,与天界众生差别不大。佛教相信,任何人若遵守五戒,可得六根整然人身。若在五戒上,再加行十善,即可升到天界。"

　　茶室主人若兰似有所悟,随即给我们讲了这几天发生在她身上的怪事,所谓怪事就是常人无法理解,更无法解释的事情。她说,一周前,茶室来了一位老茶客,交谈中她看见老人手里在盘一串念珠,手心隐隐泛着红光,她非常惊奇,就问老人那念珠是啥料?老人说是柯檀木。她决定把它买下来,结果如愿以偿,她把念珠拿回家后敬在了客堂上,期待神秘的佛光能驱除家里的邪气。果然,哭闹好几天的小女儿恢复了常态。她爱人见状,很是稀罕,说他想把念珠带到公司去连盘带敬,她犹豫再三还是同意了。念珠被带走后的那天晚上,她做了个梦,梦见一个陌生的灰脸女人,这女人一晚上相继四次闯进她的梦里。她既恐惧又敏感,思忖这梦在向她传递什么信息呢?早上刚上班,她爱人来到茶室,要把坏了的装茶机带回公司去修理。爱人首次主动关心茶室的事,这令她很高兴。那天中午她的状况很差,浑浑噩噩,心烦意乱。下午,爱人来电话叫她过去,说机器急忙修不好,只有她知道机器的性能。她赶忙下楼出发,然而,出奇的是那天下午的出租车极少,她认为是天意,当日不宜出门,就在她要掉转回身时,突然就有一辆出租停在她的面前, 她很不情愿地坐上车直奔滨河路,一路上,她发现司机很警惕地偷看她,满脸的惧色,她感觉自己身上可能附着了邪祟。到了老公的公司,发现机器已经修好了,她责怪老公,老公讨好地说,叫你来是让你看一样宝贝。说着提出四只大螃蟹来,说是朋友特意从阳澄湖带回来的大闸蟹。当她看到四只灰色的大闸蟹时, 突然想起昨晚四次闯进她梦里的灰脸女人。她似乎明白了,赶快制止老公,不要蒸了它们,放生了吧。回家后,老公和女儿执意要吃螃蟹,她再没坚持己见。能做的就是一连三天的诵佛号,为四只螃蟹超度。她知道有人托梦给她,是求她救命的,但这人又不知是哪位故去的亲友或熟人? 她既然没救得了她,可她尽力了,看来托梦之人前生不善,才沦为畜生道的。天意是不让她插手此事,否则,往日出租车如流的门口,那天何以踪影绝无呢? 但缘分又是难违的,抉择之际,突然车又来了。看来梦中人再想修回修罗道或人道,还得再下一次地狱,受几番考验。我曾听过佛界大师讲:人死后能沦入哪个道,那完全取决于他生前的所作所为。行善的人,心安气顺,宛若人天;虽然行善,但心生嫉妒,宛若修罗;无惭无愧,无羞无耻,便是畜性;贪心炽盛,毫无厌足,便是饿鬼;丧尽天良,无恶不作,就是地狱。正所谓:人在做,天在看。

寻根

此话题使我想起了三原城隍庙地宫"十八层地狱模拟景观"中的一幅画,画里的阎王举着一面阴阳镜,给一个正在受锯刑的饿鬼看,镜里面反映出饿鬼在阳世时做坏事的一幕。看来地狱里惩治恶鬼,也讲究证据确凿呀!真是好有好报,恶有恶报;不是不报,时机未到。

　　尽管以上所说是宿命,是纯精神状态,但它能让世人心存敬畏,对生命的敬畏心。人若没有了敬畏之心,那是很可怕的。

寻根

曲池文房记

寻根

"曲池文房"乃贾平凹曲江馆之别称，我如此这么认为。作为
当今名儒的读书、创作与活动之所，我觉得文房比馆合适，儒雅
而幽静。

大唐芙蓉园是一个热闹非凡的人文景区，周边更是商业性

质极浓厚的建筑群体，人与建筑，人与市井都浸淫在功利主义的强大氛围里。偏在清静的南小门西侧，却开辟出一座精致小院，古朴默默的实木门楼，青草幽幽的丈许小院，绿树峥嵘的独立景致，石雕相依的蹀步廊檐，版本齐全的著作展墙，泛溢清香的茶台书案，处处凝聚和洋溢着当今文豪的人文信息。

　　闹中取静是文人的特性，是自考的一种方式，文人要的是大隐于市的毅力和境界，偏安闹市一隅，心无旁骛依然，心浮气躁者流俗，唯贾先生这样的文化大匠才能压住这纷乱跃动的市侩之气，给迷茫的物质世界添一片精神的和光。我将先生与白居易、苏东坡相提并论，自觉不为过。当年的白居易、苏东坡之文声也高不过当今贾平凹太多，更何况贾平凹生活的今天，文人如蚁，才俊辈出，物欲横流，文事微轻，出类拔萃、名播朝野是何等之难。故而，白居易的庐山草堂，苏东坡的谷林堂之历史待遇，亦是贾平凹的曲池书房应享有之标准。无论当今大小文人以什么样的心态看贾平凹，看静虚村，看上书房，看曲池书房，百年后，数百年后，后人定会以瞻仰的心情走进来，以虔诚的心态寻觅有关贾平凹先生的人文轶事，这已成必然之势。作为同时代的文人，能与先生共处上书房和曲池文房品茶说文，聊天侃地者是何等惬意与荣幸，沾光也好，沾气也罢，沾名也行，只要能获得心智的淘洗和提升，就不虚此行，这就与你走进去的目的关系重大了，竹园茅屋狗肉之图不齿，孤意程门立雪之志者便值。

　　"曲池文房"和"上书房"皆隐于汉唐古都腹地，陷于物欲横流漩涡，却风清水静，气场召人，名篇鸿著迭出，得意门生相承，这般境遇，我等不能不钦服贾先生的岿然不动之定力。

寻根

二十年婚姻一坛酒

    我和王瑛同学三载同桌一年,虽谈不上青梅竹马,但也两小无猜,没有自由恋爱,全凭了媒妁之言。当年媒人把我俩约到一起时,我们彼此都觉得很陌生也很尴尬,从学校分手至此毕竟九年有余了,各自都有了很大的变化。时光如白驹过隙,自从 1986 年 10 月我用一辆北京吉普把王瑛接进家门,至今已整整二十年了,二十年对于婚姻来说,不长也不短,我们肩并肩手挽手深一脚、浅一脚地走过了二十年的历程,尽管当时没有婚纱、礼服、花车、红地毯和摄影师。我们的婚姻是先结婚而后恋爱,我们很默契地酿造着这坛爱情的美酒,经过 20 个春秋的浸、蒸、发酵和封存,这坛美酒才变得醇香扑鼻、甘爽四溢。二十年来,我们没有大富大贵,却也灾难频仍,先是我们自身屡遭疾病的侵袭,随之便是岳父和父母相继病逝,我们目睹了人生的残酷和无奈,幸运的是我们有一个健康、聪明、美丽、善解人意的女儿,她是我们生命的寄托和幸福的底线。

    有人说:"结婚是爱情的坟墓。"我却不认同此种观点,我们夫妻的感情就是在结婚后才逐步建立起来的。婚后的两年,我们的生活很有规律,当时我特爱吃羊肉泡馍,王瑛却不感兴趣,为了让我高兴,她也就夫唱妇随,起初是吃了就反胃,之后也就慢慢习惯。那时我们都上班,所以每到周日,我俩早早做完家务就赶到泡馍馆,先买好票和饼子,然后带上饼子坐在电影院里,一边看电影一边慢慢地掰饼子(把半生不熟的饼子掰成麦粒儿般大小)。等电影看完了,馍也就掰好了,然后回到泡馍馆煮好后再慢慢地吃,等吃完后,再去公园里遛遛坐坐。天长日久,也就成了每周雷打不动的惯例,那也许就是我们二十年间最浪漫的一段经历了。辛辛苦苦中度过了七年之痒,庆祝了十年锡婚,我们才学会了相互疼爱,渐渐地懂得了交流,交流成了我们生活中不可缺少的重要内容和乐趣,成了我们感情的连心桥。它增进了我们夫妻之间的相互了解,增强了夫妻间的吸引力,我们开始如胶似漆,依依相恋。

　　有人说:"拉着老婆的手,好像左手摸右手。"从这句话里,有人悟出了婚姻的悲哀和苍凉,也有人悟出了婚姻的真谛和美好。当拉着老婆的手如同左手摸右手时,其实你的婚姻已达到了一种至高的境界。天底下,还有什么人能成为你身体的一部分,只有你的妻子!

　　有人说:"女人四十豆腐渣。"我看不然,那是你没遇到好女人。好的女人是可遇而不可求的,你需要用心去找的。王瑛嫁到我家这二十年,福分淡尽,更经历了许多的命运坎坷和人生风雨。当初为了改变我们经济拮据的寒碜家境,她白天上班晚上给人裁剪缝制衣物,尤其是一到冬天,经常加班到后半夜。那时条件简陋,靠蜂窝煤炉取暖,导致她一连三年煤气中毒,落下了"麦尼尔斯综合征"这个洋病根,这病的症状就是眩晕、呕吐、天旋地转。坐上汽车就晕,劳累过度就犯,有时不知不觉间就跌倒在地,体质也大不如前。我为此常常在内心念叨,她父母交给我的可是一个年轻、健康、快乐的姑娘呀,唯一的愿望就是让她能活得幸福。可如今她却变得肤色无光且多了皱纹,身材粗壮且发质细黄,生活的热情大减了,对我和女儿却

寻根

更上心了……可这种改变是生命的必然，更有人为的因素，她是为了这个家，为我和女儿操劳所致，所以我总是心酸而自责地面对这种生命的蜕变现象。四年间我的父母先后病逝，在我父母临终前的那些日子里，因我工作忙碌常不在家，王瑛便肩负起了儿子、儿媳的双重责任，常常过去陪老人聊天，想着法子为老人弄些可口的饭菜，给老人清理卫生，尽力让老人在最后的日子里过得舒

寻根

舒坦坦，高高兴兴。有次母亲告诉我女儿说她想去吃火锅，女儿就说给她妈，王瑛二话没说就和弟妹用平板车拉母亲去了。火锅城在二楼，当时母亲已经浮肿，不能行动，她就背起母亲爬上那又高又陡的铁架式楼梯。事后母亲对我说："英歌劲真大，背起我嗵嗵就上了二楼，把我吓得在她的背上闭着眼睛光笑！"听了我一阵心酸，眼眶就热乎乎的。

二十年婚姻被称为瓷婚。何为"瓷婚"？大凡相守了二十年的夫妻基本上体质已经开始衰退，疾病和意外成为婚姻的最大威胁。生命规律的残酷让二十周年的婚姻犹如"陶瓷"般易碎。1996年冬我因患胸膜炎差点送了命，妻子没告诉任何人，默默地承担起一切，白天上班，晚上回来陪我治病——与病魔抗争。有了她的陪伴和精神上的呵护，我终于逃过了命中的一劫。近年我又患上了慢咽和慢支症，总是在酒后和冬季犯病，犯了就咳嗽，更甚的是夜间，我一咳嗽王瑛

就被惊醒,遂急忙起来给我倒热水服药,捶了前胸打后背,整夜地用温热的手抚着我的喉部以望减轻我的痛苦,有时咳嗽激烈了我就烦躁地擂打、磕碰自己,她就把我拥进怀里,还真怪,被她这一拥,咳嗽就立马减轻了,二十年的患难与共已成为我终生不离不弃、不可愧对的铁的理由。

　　若有人问我对二十年婚姻的感触是什么?我会说二十年的婚姻就是回家后的一碗热饭、是疲惫后的温存抚慰,是心情好时的亲吻和拥抱,是高兴时一次难得的浅酌对饮,是午后挽臂齐肩信步由缰的惬意与缠绵,是"和你一起慢慢变老,一路上收藏点点滴滴的欢笑,留到以后坐着摇椅慢慢聊……"好的婚姻就是有一个男人和一个女人在房子里过着柴米油盐的生活。二十年来在我们家,我是绿叶,女儿是花朵,而妻子却承当起本该由我承当的茎的角色。我常年乐此不疲地进行着光合作用,女儿则在吸足养分之后便满世界地去展示她的健康与美丽,就在我俩各自忙着欣欣向荣的事业之时,称美幽静的茎仍在默默地为绿叶和花朵输送着养料与水分,直至今天我才于倏忽间产生了感恩心理,对妻子二十年所付出的一切。二十年的苦乐相随,使我们彻悟到,幸福并非在于你获得了多少财富和多大的权利,而在于你是否拥有了真正的健康和快乐,否则,一切等于零。这二十年来,我最大的欣慰和自豪还有一个,那就是我们还有很多知冷知热、甘苦相随的朋友。不管是电话的问候、短信的祝福、还是隔三岔五地相约相聚、来访小坐都给我们的生活增添了无限的快乐和信心。我认为朋友就是生命中不可缺少的盐,没有了朋友,人就没了精神。

　　二十年连理,说长不长,比起钻石之婚,也只是四分之一;说短不短,当中的患难共苦,足于同化我们的思想、一致了我们的看法、教会了我们彼此珍惜,让我们懂得相互感恩,更巩固了我们共同迈向另一个十年的信念。

寻根

三十年婚姻一壶茶

寻
根

　　昨天,爱人告诉我,过两天就是我们结婚三十年纪念日了。猛回首,三十年过去了,弹指一挥间,三十年前的今天,我用一辆吉普车把王瑛从她家接到我家。昔日的同桌变成了媳妇,娇生惯养的女子成了吃苦耐劳的主妇,这主妇一当就是三十年,三十年我们有了共同的亲人,共同的生活,共同的习惯,共同的回忆。婚后第一个十年,我们走过了农民到双职工的身份转换过程, 也有了自己的女儿,上敬老下养小,起早贪黑辛辛苦苦;第二个十年我们建起了自己的宅院,随之有了从职工到打工者的身份置换,父母相继生病到去世,雪上加霜紧紧张张;第三个十年我们的生活处于男主外女主内的稳定状态,女儿出嫁,我夫妇成了“丁克”一族,我们夫妻的感情已经成熟与牢固,同时也是我二人的体质走下坡路的十年,这是人生的自然规律。

　　一次的组织体检时发现,我的胸片问题严重,大夫告诉我的左肺影像完全模糊,建议我去做 CT。第二天,爱人陪我到市中心医院,经过 CT 诊断,我的左肺已经萎缩、失去功能,也就是说,我的呼吸系统今后就要单帽刺儿了。医生建议我住院治疗,这是我有生以来第一次住院,我和爱人没有告诉任何人,悄悄地住进了离家200多里外的终南山下的一家省级医院。大热天的,我躺在清静的病房里,我爱人则家里医院两头忙,把我认为是很麻烦的事都大包大揽了。我这才发现我爱人是天下最有韧性、最能干的女人,我已经对她产生了严重的依赖感!住院这三十多天里,我爱人在家里日夜放心不下,就隔三岔五地往医院跑,公交倒地铁再地铁倒公交,要么就骑着电动车风尘仆仆地来来回回,每次来都是汗湿衣衫,疲惫不堪。我劝她别再来了,三伏天路又远,极不方便!其实,每见她来我的心就很踏实,然而,又极其地心疼她。这是我第一次从内心深处心疼她,说起来都惭愧,结婚三十年了,从最初的恋爱到后来的依赖直至今天才体会到了心疼的滋味,这可能就是夫妻间的终端之情,相依为命时偶然触及的痛。

寻根

　　一个月的治疗效果不错,大夫告诉我们,我的气管因左肺萎缩、左胸塌陷而左移,导致支气管偏狭不畅,这是多年形成的顽疾,难以恢复,唯一的办法就是避免外界刺激,防止感冒,一旦发炎就赶快用药,减少咳嗽量。从此,我这个不正常的人开始拖累着一个正常人,将要度过不正常的一年又一年。我有时发病了会没日没夜地咳嗽,只要我的一咳嗽,她就急切地四处找药;见我日渐消瘦,她便想着法子给我增加营养,每天早早起床给我做两个荷包蛋热一杯牛奶或打一壶豆浆。如此已久,她也因夜间睡眠不足,白天劳累,出现了两次血压升高,每次都在晚间发作,我又急又惊地打电话叫医生,骑车到处找速尿和甘露醇,相互安慰着度过险关。婚后这三十年,我们不但共享幸福,也分担风雨,相较之,风雨会多于幸福。携手走过三十年,逾越不了的要合力抗拒病魔,面对自然疾病和人为不幸,我们已经具备了抗拒的能力和化险为夷的经验。

　　在波斯的神话中,珍珠被认为象征光明和希望,它是由诸神的眼泪变成;中国民间亦有"千年蚌精,感月生珠"等说法……所以说它是高贵、淡雅、纯真的。三十年婚姻被誉为珍珠婚,我持赞同态度,正是因为蚌本身的痛苦,才有了价值连城的珍珠。结婚三十年,经历了这样那样的不幸与磨难,才使得我们的婚姻珍珠般地历久弥坚。

这30个春秋的风风雨雨为我们调制过甜蜜的甘醪,为我们酿造过醇香的美酒,今天又为我们烹煮清爽的香茗。三十年婚姻之际,我们已是知天命之年,此刻,我们的生活恰如一壶茶,平和宁静,温润清香,胸怀自然,心存万象,无宠辱,无得失,活在随缘随意的自我世界里,唯求无愧我心,唯求不负今生。甘醪是上天奖赏十年婚姻的礼物,陈酿是上天赐给二十年亲情的祝福,而知命之年,辛酸苦辣皆尝遍,五味杂陈集一堆,需要茶来消化。

三十年婚姻一壶茶,这茶可不是明前雨前的春芽,亦非乌龙铁观音,而是愈陈愈香的熟普洱。新采的春芽适应新婚宴尔的小夫妻一边观景一边品鲜;老辣的乌龙可治愈中年夫妇的气瘀积食症;而陈年普洱那温和淳厚的香味既可养胃还能养颜,正适应老年伴侣用它来呵护历经辛酸苦辣的胃,修复遭受风霜雨雪的容。这壶蕉香醉人,咖色迷人,温馨疼人,发酵熟透了的茶就像不离不弃三十年的爱情,早已没有了一惊一乍的虚荣,磕磕碰碰的火气,有的,仅是不急不躁,平和安详的性情。我们的感情与生活会在这绵绵不绝的清香里内敛舒展、心无挂碍地向下一个十年散步而去。

三十年众生牛马,六十年诸佛龙象。三十年来我夫妇为父母为孩子为领导为同事为亲友为社会为事业而活着,历尽劳累与艰辛,堪破世间苦楚,无暇抱怨,少于深思,没得反省,因而得不到所堪苦楚的那种悟。只知将心比心地对待人与事物,才获得了苦难中历练、在困惑中顿悟的蝉蜕,祈望得到六十年诸佛龙象的苦尽甘来。三十年河东,三十年河西。也在预示我们风风雨雨的命运应该结束了,下来就要过上阳光明媚的滋润日子了。

男到中年忧虑多

"大奔四"是我们三十八九岁人的雅号。

迈进四十岁的门槛,突然发现儿女辈好像躲在哪里偷着长似的,一夜间都成了大姑娘、小伙子,个个风华正茂,敢想敢做,惹人喜欢。可他们大都除了崇拜歌星,痴迷偶像剧,泡网吧外对其他事缺乏热情,这又令我忧愤不已,遂老生常谈、大发感慨。感慨多了就有朋友反问我当年有没有没迷恋过邓丽君、崇拜过蒋大为,就没梦想过?我便想起年轻时手提砖块收录机满街游荡的情景,心自释然了。

这几年,我的热情逐渐地减退了,好静不好动了,恋家了。有人问我:当年挂着照相机满世界抓新闻的那个急先锋哪里去了?那个工作起来不分昼夜的拼命三郎哪里去了?那个呼朋唤友三天两头搞聚会的"闲事主任"哪里去了?在酒桌上不服输又见喝就醉的"红脸关公"哪儿去了……我无奈地伸出四根手指:"别提了!"

不知何时我的日常开支又添了一项,就是医疗费。顽固性咽炎导致成气管炎急难根治,不得不遵了医嘱开始忌口,生冷、辛辣、烟酒绝不能沾,饭桌上连饮料也不敢喝。到朋友家做客,新鲜水果大家享用，偏给我是加热的，热过的水果就变了味。便很羡慕健康、年轻的体魄。

　　渐渐地睡眠少了心事愈加地重了，工作的事、家庭的事、亲朋的事，工作是我的衣食，家是心的巢穴，亲朋乃身上的羽毛。年龄长了人生价值的取向自然也变了，孔孟的书不多看了，对老庄哲学却痴迷了起来，偏舍而轻的许是前者轻松后者劳心之故吧。又有人责我消极不求上进，我认为人往高处走无可厚非，可高处不胜寒呀。我习惯水一样地顺其自然，是因为低处纳百川。自处超然，处人蔼然，无事泰然，有事澄然，处世淡然，于世自然便成为我后半生心态的定位。

　　"大奔四"的我，对功名淡漠了，功名是虚幻的，心身的自然和脚踏实地的生活是我生存的准则，三十岁以前的人靠激情干事，四十岁以后的人则凭悟性做事。崇尚老庄并非惰性更非盲从，只是做事的方式改变而已，变得沉稳了、实在了、成熟了、精炼了，一如深秋的果树褪去繁杂的枝叶清清爽爽、干净利落了。秋天的果树退去枝叶后只有成熟的果实，沉甸甸现出稳健和赤诚。"稳"字是大奔四族共享的关键词，"稳"包含了深思熟虑，包含了丰富的阅历，也包含了内敛持重和睿智放达。亦如秋季的层林，色彩丰富而厚重，果实累累却无心炫耀，这就是大奔四的无限魅力。

　　常言"男人四十一朵花。"此意多为调侃，是说男人四十易交桃花运。我则没这个心情。责任心是这个年龄段人的共性，对家的责任，对社会的责任，对单位的责任，对亲朋的责任，对妻儿的责任，对自己的责任，这一堆的责任可不轻啊，难怪中年男子都直不起腰，一天除了思考还是思考，人们可以不赞美你，可你千万莫成为被鞭笞的对象。

寻根